人生十人十色2

「人生十人十色2」発刊委員会・編

文芸社

目次

英語、わが愛

森本　龍介

島根県浜田高校の夜間部生徒だった私は、三年生の時、校内英語弁論大会に出場した。夜間部からの参加は初めてということだったが、三位に入賞することが出来た。

ところが、その時、私の頭に、「雷が、落ちた」のだった。大会の審査委員長として来校されていた、島根大学のアロンステイン教授が、講評で話された、英語の「音」が、今まで聴いたことの無いような素晴らしい「響き」だったからである。

いったい、これは何だろう？　これが、「本当の、英語の発音」なのか！　どうやったら、こんな美しく力強い発音を身に付けることが、出来るのか？

呆然として、聴いていた、私の、脳裏に、もうひとつの、想念が、押し寄せてきた。

出場者の中に、Yさんという女子生徒がいて、優勝したのだが、ひと目見た瞬間、私は、彼女の魅力に取りつかれてしまったのだった。

何しろ、彼女は前年の大会でも優勝し、学校代表として中国四国大会へも出場したという、マドンナ的存在だった。

しかし、こちらは、日々の生活に追われるだけの夜間部学生、満足な接点も無い。私は考えた。「来年の大会で、かならず優勝してやろう！　その為には、英語の発音がうまくなるのが、第一だ！　成功すれば、彼女、私のことを一生忘れないだろう」。

翌日から、私は各書店を廻って、「英語の発音に関する入門書」が無いかと、本棚をのぞき込んだ。

そして、とうとう見つけた！　一軒の古本屋で、一冊だけ。「英語音声学入門」とあった。ジョーンズ式発音符号！　各ページには、唇、舌、喉などの、英語の音声発声器官の、詳しい説明と画像が掲載されていた。

次の日から、私は、解説通りに練習を始めた。昼間は働いていたので、外回りの時間などを利用して、本をふところに、ただひたすら、口を動かしていた。

朝、昼、晩、毎日、三時間ぐらいやったと思う。

そして、三カ月ぐらい経った、ある日、不思議なことが起こった。

今まで、見ただけで、すらすら読めていた、英語の文章が、試しに、以前のような、「カタカナ発音」で読んでみようとすると、舌がもつれてしまい、思うようには読めない！

大成功だ。

私が、この三カ月余りの猛練習で体得したのは、次のような点だった。

「英語と日本語との、音声の大きな違い」は、四つ、存在する。

第一。「音節構造の違い」。「母音と子音」との、組み合わせで、英語は、単数のみならず、複数の子音が、語中や語尾にくる、「閉音節」の言語であり、「ッ」のような、詰まる音も無い。一方、日本語は、原則として子音と母音とが連結していて、語尾が母音で終わる、「開音節」の言語であり、詰まる音も多い。

第二。「アクセントの違い」。英語は、強弱アクセント、日本語は、高低アクセント。この違いは、「音節構造の違い」とも、密接に関連している。

第三。英語は、狩猟民族を、起源とする「インド・ヨーロッパ語族」で、「腹式発声、咽喉共鳴」、一方、日本語は、農耕民族を起源とする「ウラル・アルタイ語族」である、「胸式発声、口腔共鳴」。この為、両者の音声の質に、大きな差が生まれ、響きのスケールが違ってくる。

第四。「音素の違い」。いわゆる、RとL、Th音など。日本で、「発音の違い」と思われているのは、これだけのようだ。

こうして迎えた、一年後の大会。Yさんが、また優勝。私は二位だった。

帰途、ガッカリして、校庭の芝生に寝転んでいると、偶然にも、英語担当のS先生が、通りかかった。「君か。よく、やったな。まあ、そう、ガッカリするな。参考までに、審査員の先生方の採点を見せてやろう」と、私を職員室に連れて行って下さった。

採点表を見た私は、驚いた。合計点が、たったの一点だけ、私の方が上回っていた！　先生は、「だから、あれほど、言ったのに！　ちゃんと、ソロバンを入れろと」。

翌日、校内放送で、私が優勝したと、訂正された。その結果、本来は、学校代表は一人だけだが、Yさんと私、二人、全山陰大会に出場することになった。

思えば、まさに、この逆転の瞬間こそ、私の人生を大きく変える転機であった。何故ならば、この後、似たような逆転劇が次々に起こり、その都度、私に大きな自信を与えてくれたからである。

全山陰大会では、私は四位に終わり、Yさんは二位だった。そこで、Yさんだけが、また、学校代表として、中国四国大会へ派遣されることとなった。

ところが、その後、学校へ送られて来た点数表によると、審査委員長のアロンスティン教授の、私への採点が、優勝した松江高校の女子生徒、Kさんとまったく同じ最高点だったのだ。

そこで、またもや、Yさんと私が、二人、中国四国大会へ出場することになった。

結果は、私が六位、Yさんは、入賞しなかった。

こうして、私の長い長い戦いは、終わりを告げた。

その後、私は、アロンステイン教授が、アメリカの教育制度を倣って創設されたといわれる、英語書き取り競技（スペリングマッチ）に出場すべく、校内予選一位、地区予選も通過、県大会で十人中三位に入賞した。

二十三歳の時、国家公務員試験に通り、一年間の研修所生活を終えて、地方勤務、二年後、さらに、東京の研修所で、一年間、英語とフランス語の研修を受けた。

この間、Ｙさんは、女子大卒業後、アメリカの大学へ留学、この時、彼女の、出身中学では、応援の募金活動も始まり、地方紙にも大々的に報道された。

そして、研修終了後、私は東京から関西へ赴任した。

その間、国連加盟二百ヶ国近くの、文書担当者との交換業務に従事した。勤務先からは、さらに外国語大学、日米会話学院などへ、委託研修生として派遣された。万国博出向、外国人学校生徒、プリンセス神戸、訪日留学生などの訪問案内通訳、フェスピック神戸での競技通訳、各地からの外国人の窓口や電話応対通訳ｅｔｃ……に明け暮れた。英検一級、国連英検Ａ級、会議通訳、全国通訳案内士などの資格も、取得した。

英語やフランス語のスピーチコンテストにも数多く出場し、西日本社会人大会、芦屋国際大会、神戸市長杯バイリンガルコンテストなどに、金賞を含め上位入賞、中でも、一番の思い出は、全日本英語スピーチコンテストでの優勝だった。これには、副賞として、アメリカの大学への短期留学招待が付いていた。

私にとっては、初めての海外旅行だったが、現地の空港へ降り立った時、深い感慨を覚えずには居られなかった。

「三十年前、あのYさんが訪れたこの地を、今、自分は踏んでいる！」

定年退職後、私は、二つの通訳協会に所属し、通訳、翻訳などの業務に従事し、その昔、受験した英検の二次試験面接委員も、十年間務め、大阪での国際会議の通訳業務を最後に、英語人生の幕を引いた。

「英語は、単なるコミュニケーションの手段」。よく聞く、言葉ではある。しかし、私は、そうは思わない。私にとって、「音としての英語」は、自分の人生の芸術のように思える。それは、私の声を変え、一生の仕事へと、導き、そして何より、数多くの魅力的な女性たちとの出会いを通じて、心豊かな日々を送ることが出来た。

「英語、わが愛」。私の心に、いつまでも響き渡る音色である。

怖かった少年たちに、背中を押されて……

小嶋　雄二

前回、東京で行われたオリンピックの年。私は大学四年生だった。その前年、東京は東海道新幹線、高速道路などの建設ラッシュが続いていた。その頃、私はどんな職業に就きたいか、具体的に何も考えていなかった。

秋のことだった。友人と特別講義を受ける機会があった。その講義のタイトルは「世界の子どもたち」であった。教授は、具体的な例をだしながら、「子どもたち」について語りはじめた。いつの間にか、私は「子どもたちの世界」に吸い込まれていった。

「子どもたちの目の高さで、子どもたちを見ていくと楽しくなります。私は、子どもたちからたくさんのことを学んできました」

教授は、講義の最後まで、笑顔で子どもの素晴らしさを語った。私は、講義に感動を覚えた。私は、子どもに係わる仕事をしていきたい、と強く思った。隣に座っていた友人も、講義に共感した。

「教員免許が取得出来たら、いいな」

私は、何気なく友人に話した。

「実は、ぼくも、そう思っていたんだ」

友人と意気投合した。

友人と大学の事務担当者に会い、取得について相談した。「大学四年の一年間で教職課程を取る努力をしてください」と、対応してくれた。東京オリンピックの年の春。私は大学四年生となった。

大学四年生では、取得する科目も少なく、一年間で教職課程を取ることは可能であった。教職採用の試験は、夏にある。夏の時点では、教員試験に係わる単位は、なにひとつ取得出来ていなかった。当然、教員採用試験には、受験出来なかった。それでも、「折角だから、教員免許取得まで頑張ろう」と、友人と励ましあった。翌年三月に高校社会科二級と中学社会科一級の免許を取得出来た。

四月。私は、トラックの運輸会社に就職。友人は役所に勤務することとなった。大学三年のときに受けた講義が、いつも心の片隅に残っていた。

私は、営業所に配属され、一、二か月すると、そこで働く人たちのことがわかってきた。トラックの運転手は、ベテランが多く円熟した人たちだった。運転手の横に座る助手の人たちは、営業所の二階で寝泊まりをしていた。中学校を卒業して一、二年が過ぎた少年たちだった。

朝から酒を飲んだり、煙草を吸っていた。年齢からすれば、十六、七歳であった。肩を怒らす少年たちだった。朝からサンダルや下駄を引掛けて事務所のなかをふらふら歩いていた。私には、近寄りがたい存在だった。恐ろしささえ感じた。事務所で、のんびりしている私に

「お前が、配車したトラックの場所になんか、行けるかよ。事務所で、のんびりしているんじゃねえよ」

朝から、私にすごんでみせた。

仕事から戻ると、二階で何人かで、酒を飲みながら大声で喋っている声が聞こえてきた。私より、ずっと若い少年たちだった。私は日々恐ろしさを感じたが、それでも、じっと耐えた。きっと、小学校や中学校では、友人や先生から学校で大事にされていなかったんだ。学校が、楽しい場所でなかったに違いない、と強く思った。

(彼らのような少年を励ますことが教師の仕事ではないか)

私のなかに、だんだんと燃え上がるものを感じはじめた。すごむ少年と対峙しても、冷静に対応出来るようになっていた。二年前の講義を想いだしていた。

同時に家庭的にも、恵まれていなかったのではないかと、思った。私の〝子ども時代〟と重ねた。父は、戦争後、旧ソ連・シベリアに抑留され、終戦の二年後に戦病死した。約

十余万人が抑留され、悲惨な死を遂げた。父は、そのうちのひとりだった。父の顔は、写真でしか知ることが出来なかった。父がいないことで、経済的にも精神的にも苦しいことを幼少時代に身を以て体験した。

また、小学校四年生のときの教師が発した、ひと言が、私のなかに深く焼きついていた。姉と兄とは、それぞれふたつ違いであった。その姉と兄の存在だった。

「君の姉さんと兄さんは、勉強がよく出来て学校でも目立つのに……。同じ姉兄かい」

私は、返す言葉もなかった。担任でもない教師の言葉は、幾つになっても拭い去ることはなかった。その頃の私にとって、先生は遠い存在だった。私の小学校の同窓会でも、当時クラスのなかで、一番の腕白だったひとりも「小学校のときの小嶋くんは、まったく目立たず、いじめの対象外だったよ。姉さんや兄さんは、学校のなかでも、目立っていたよね」と、遠い昔のことを同窓会の度に、話すのだった。

（教員試験を受けよう！）

そう思うようになった。教員試験の要項や資料を取り寄せた。会社の行き帰りに、電車のなかで、教員試験の本などを読むようになった。会社には、一切そのことに触れないようにした。夏に試験を受けた。秋が過ぎた。初冬に、一通の手紙が届いた。「一月より小学校の助教諭として採用する」旨の通知であった。学生時代のひとつの講義が、現実となった。十二月いっぱい、トラック会社の勤めをした。

(恐ろしい少年たちが「先生になるんだよ」と、背中を押してくれたんだ)

少年たちが「私の先生」のように見えた。

「ここで働くよりも先生の方がむいてるかもしれないよ」

会社の人たちも、退社にあたり励ましてくれた。

一月より、小学校の教師として新たな道を歩みだした。すぐに、三年生を担任した。しかし、どう授業を進めていくか見当もつかなかった。十日ほどたった日のことだった。

「今度、学年全体で合唱するので、指揮をお願いしますね」

隣の組の若い先生に、言われた。

それまで音楽とは、無縁でピアノなどにも触れる機会がなかった。「指揮は、出来ません」と、はっきり断ることも出来なかった。指揮する日が迫った。前日の午後、急に熱がでた。当日も、熱が下がらず学校を休んだ。指揮を頼まれたことで熱がでたことは明白だった。

子どもたちをどのように、授業に集中させるか、全く分からなかった。先生たちの授業を見ては落ち込み、他の組の掲示板のひとつを見ても落ち込んでしまった。(教師に、適していないのか)と、悩んだ日々が続いた。

それでも、二年間が過ぎる頃から、少しながらなんとなくやっていける自信がついてきた。

教師仲間と一緒に、子どもについて語り合った。教育に係わる研究会にも参加するようになっていった。

三十七年九か月、たくさんの子どもたちや父母に恵まれ、私を励ましてくれた教師仲間にも出会った。晩年は、崩壊学級や崩壊学年を担当したが、他の教師と力を合わせてなんとか再生させ、教師としての喜びをたくさん感じてきた。十回の六年生を担当した。一回目の卒業生は、還暦をむかえている。教え子の同窓会に出席して、彼らと小学校時代に戻って楽しく過ごした日々を語りあっている。

東京で行われたオリンピックも、あれから半世紀以上が流れた。

「子どもたちは、素晴らしいですよ」

教授の講義が、きのうのように蘇ってくる。

そして、恐ろしいほどの少年たちとの出会いがなければ、今の私はいない。少年たちに、感謝の気持ちでいっぱいである。退職して長い年月が過ぎたが、私にとって、もっとも相応しい仕事だった。

卵　玉子　たまご

小林　昌彦

一．玄関先のナマたまご

「昌ちゃん、ハイッ、たまごよ」

いま、元気に「行ってきまーす」と声をかけて出かけようとする昌彦の顔先に、母親が茶碗に入れた生たまごを差し出した。

「忘れちゃダメ、これ、声にいいんだから」

「またかー」

昌彦は渋々一気に飲み干す。

「まずいっー」

内幸町の放送局に出かける時のいつもの風景だ。

昭和十五年、春。

昌彦は麹町の東郷元帥の旧宅近くにあった「愛国幼稚園」の年長組の幼児である。この幼稚園には、父親や兄弟が出征している家庭の子供を優先的に受け入れていた。

幼稚園では毎朝、「兵隊さんよ、ありがとう」という子供向けの歌を歌わされていた。

その内容から、童謡とは言いにくい。子供による戦意昂揚の歌である。

ある時、東京中央放送局から、

「おたくの幼稚園から、一番歌の上手い子供を放送に出したい」

という要請が園長の元にあり、そこで選ばれたのがボーイソプラノの昌彦であった。

昌彦が園長先生の引率で内幸町のスタジオに着くと、待ち受けていた児童合唱団の子供たちが一斉に拍手で昌彦を迎えた。

早速、練習が始まった。そしてその日が即本番である。

ラジオの番組名は「戦地の兵隊さんに贈る夕べ」という。

その中の一部に子供たちが登場する。

昌彦はまず、戦地の兵隊さんに、こう呼びかける。

「戦地の兵隊さん、お元気ですか。僕たちは毎日元気に幼稚園や学校に通っています。今日は市ヶ谷のお堀でつくしんぼを摘みました……」

これらの原稿は上の人が作ったものである。

そして、その後に歌う歌がこれ。

一番は昌彦が合唱団の一歩前に出てソロで、二番以降は全員で歌う。


「肩を並べて兄さんと、今日も学校へ行けるのは、兵隊さんのおかげです。お国の為に、お国の為に戦った兵隊さんのおかげです」

この歌は四番まである。

だが、その四番はやがて歌わなくなった。

その歌詞はこうなっていた。

「明日から支那の友だちと仲良く暮らしていけるのは……」

歌わなくなったのは、日本が太平洋戦争に突入し、支那のお友だちどころでなくなってしまったからであろう。

やがて昌彦も小学校から国民学校と改称された番町国民学校に進学した。

ナマたまごもようやく終わった。

二．欠けたどんぶりの、茹で卵

昭和十九年。戦況がだいぶ日本に不利になりつつあった。ガダルカナルで日本軍が全滅、政府は都会の子供たちを地方に疎開させて、安全を護ろうとした。地方に縁者のない家の子は、「集団疎開」と称して、三年生以上の児童全員が学校ごと地方に移されたのである。

昌彦たちが向かったのは山梨県下吉田町。富士山の麓の風光明媚の地であった。当初は皆遠足気分で楽しかったが、やがて食糧難に直面する。

元々、富士の麓は農耕に適さない地で、平和なら観光地として賑わっていたがいつも食糧では苦闘していた。

だから配給される米も少なく、先成りの味のないカボチャやサツマイモ、それらを混ぜた「おじや」で空腹を凌いだ。

ある日学校の帰り道、昌彦は友達と二人で回り道をすると農家の庭先で鶏が鳴いている。それは卵を産んだときの声だ。

二人はそっと鶏小屋に近づき、産んだ鶏を追っ払って卵を取った。

一個だけだが、生まれて初めて犯した盗みである。

二人はこれをどうやって食べようかと相談した結果、寮母さんに頼んで茹でたまごにしてもらおう、ということになったが、それでは盗んだことがバレてしまう。

そこで、寮の裏のゴミ捨て場からふちの欠けた丼を見つけ、近くの松林でこの丼に水を入れ、松ぼっくりを燃料にして茹でたまごを作って頬張った。

何ともいえない美味であった。

その頃、皇后陛下の「疎開学童に賜わりたる御歌」というのがある。

「次の世を、背負うべき身ぞたくましく、正しく伸びよ里に移りて」

これを子どもたちは、毎朝登校前にひもじい思いをしながら歌った。

三. 新聞紙に包まれた卵

昭和二十一年。敗戦で疎開先の学童も大方戻ってきた。

中には戦災で家を失い、帰る先がなくて、田舎に留まった縁故疎開者もいる。

昌彦は中学に進学するために東京へ戻った。

運良く都立の中学に受かった
その中学の屋上にはまだ高射砲の発射台が残っていて、戦争の傷跡を実感させた。

昌彦の家でも本宅は焼け残ったものの、貸家は全部消失した。

その焼け跡を片付け、小さな家庭菜園を作った。都内の焼け跡ではそんな光景があちこちで見られた。

昌彦の家でもジャガイモ、トマト、茄子などを育てる一方で、畑のすみに鶏小屋を作った。鶏を育てて卵をとるつもりである。

ヒヨコは昌彦が露店で買ったが、売っているヒヨコのほとんどがオスであることを、このとき知らなかった。

養鶏場では卵を生まないヒヨコは価値がない。だからオスのヒヨコは安く売る。本来ならタダでもいい。それを露天商が買い集め、あたかもメスもいるかのように見せかけて客に売る。そのために、宝くじのようにメスを何羽かに一羽紛れ込ます。あこぎな商売だ。

昌彦が買い求めたヒヨコ五羽のうち、運良く一羽だけメスがはいっていた。

そのメス鶏が二カ月後に初めて卵を産んだのである。

卵を産んだ鶏の鳴声は山梨で知っている。昌彦は大急ぎで鶏小屋に入り、産んだ鶏を追っ払うようにして卵を取り上げ、持ち帰った。まだ温かい。

「母さん、鶏が初めて卵を産んだ！　ほーれ、食べていい？」

「ほんと、いいわよ、だけど風邪を引いて寝ているお姉ちゃんにあげない？」

「そうだな、鶏はあしたも卵を産むかもしれない。そしたら、順番で食べよう」

偶々、その日に母の田舎から来た伯母が、卵十個を一つずつ新聞紙に包んで大事そうに持ってきた。

この頃、卵は病気見舞いの貴重品であった。

街では「りんごの歌」が流行していた。そんな歌で平和の有難さを実感していたが、庶民の手にリンゴは届かない。

この頃、サラリーマンの月給は二百円、闇でリンゴは五円したという。

今なら一個五千円に相当する。そんな時代がしばらく続いた。

四．豪華な半熟卵

日本は急速に戦後復旧をとげていた。朝鮮動乱の特需も復興の助けになっていた。

昭和三十年、「もはや戦後ではない」などという声も上がった。

その頃、昌彦は京都の大学に進む。

その京都に老舗の料亭、瓢亭が南禅寺近くにある。

ここの半熟たまごが有名だ。

そこは学生の身分で到底行けるような店ではない。

それでも名物「朝粥」ならなんとかなりそう。

昌彦は好奇心も手伝って、ある早朝、彼女と連れ立って出かけた。

お膳に乗せられた野菜の煮物とお粥、それに半熟卵が付いている。特別、どうということのない朝食だ。

だが、たまごは別格。その白身、黄身とも絶妙の柔らかさ、味も何かで加工してあるのか、美味い。

後日、機会があって、そこの主人の周辺の方に半熟卵の作り方の秘密を聞いた。

作り方はこうだ。

「決まった大きさと、決まった産地の卵を、少しお酢の入った湯に入れて五分、静かに黄身が真ん中に来るようかき回しながら茹でる。

そして火を止め、二分そのままにして取り出し、氷水で一分冷やしてから殻をむき、半分に切って、黄身に一滴だけ薄口醤油を垂らす。そして皿の上で倒れないように、底の一部をカットする」

何という手間だろう。たかが卵、されど卵、日本料理の基本を見るようであった。

こんな料理をいつまでも食べられるような平和な日本であって欲しい。

五．サニーサイドアップ

昭和三十四年。

大学を卒業した昌彦は、大阪のラジオ、テレビ兼営局のアナウンサーになった。本人はテレビ局にはアナウンサーしかいないという単純な気持ちで応募、多数の志願者から、幸運にも選ばれた。

だが、実際なってみると他人の書いた筋書きに従って読んだり演じたりするだけで、昌彦には不満だ。

そこで、入社三年目で、フルブライト留学生試験にこっそり応募、合格しアメリカに向かう。この局、最初の海外派遣留学生だ。

はじめて見るアメリカ大陸。飛行機の窓からトウモロコシか大豆か、広大な畑が延々と続く。ひと眠りしてもう一度見てもまだ畑は続いている。

「なんという広い国だ。こんな国となぜ戦争なんかしたのだ」

それが率直な感想だ。

行った先はイリノイ大学。大学のキャンパスも恐ろしく広い。教室を移動するのに学内の循環バスを利用する。

はじめて学内の食堂、カフェテリアに入った。

早速、たまごを注文する。

シェフが、「卵をどうする?」と聞く。

「エッ、フライドエッグ」

と答えたものの、先方は「ハウ?」と聞き返す。

目玉焼きか、それとも……、と色々な焼き方がある。

スクランブル、サニーサイドアップ、オーバーイージー、オーバーミディアム……等々。

目玉焼きがサニーサイドアップとは初めて知った。

アメリカの料理は大雑把で味も均一が多い。

だが、お客に料理方法を聞くなんてことは日本料理にはない。

多民族国家がそうさせるのか。

因みに「ミネソタのたまご売り」とは虚構である。

あれは日本人の創作。

六．握り飯と卵焼き

テレビ局に入って七年目。昌彦は、一番若くして、ニューヨーク駐在員兼特派員を命じられ、家族とともに渡米した。

大阪の局で海外に特派員を出すのはこの局だけで、局としてかなり無理をしている。民放、最初の放送局だというプライドがそうさせた。

そんな局だから、支局も狭ければ、予算も少ない。

そのくせ、関西関係のスポンサーが多く、やたらと頼ってやって来る。

彼等の目的は視察であるが、本音は観光とゴルフだ。

昌彦のところの接待予算は限られている。他の商社などとは大違いだ。

そこで、考えたのは、ご要望のゴルフにお連れする際に、家内の手作りの握り飯と卵焼き弁当を持参することだ。

家内は料理が得意で、とくに卵焼きは夫の立場ではいうのもおかしいが、絶品だ。それも、客の出身地によって江戸風と関西風に作り分ける。

アメリカのゴルフ場はクラブハウスがお粗末なのが多い。というより我々はそんな安いところしか行けない。

そこでコースの途中で用意した弁当を客に差し出す。

青空の下、緑の芝生の上でほおばる握り飯と卵焼きの味は格別だ。

こうして家内の卵焼きは帰国後も感謝され、昌彦の面目を保った。

その家内はもういない。

七．老人ホームでの卵焼き

昌彦、八五歳。

今、サービス付き高齢者住宅に独りでいる。家内を亡くして二年。

淋しい毎日だ。時折思い出したように、家内が作った卵焼きのマネをしてみる。

彼女が使っていた四角いフライパンを取り出し、こんなことをしていたな、と、うろ覚えで油を敷き、二個の卵をしっかりといて、パンに流し込む。

何度やっても形にならない。そのうち焦げ出す。

料理本を取り出し、卵は少しずつ、何回かに分けて流し、それを手前でまとめ、さらに卵を流すことがわかった。

でもあの卵焼きにはほど遠い。

最近になってようやく卵焼きらしい形にはなってきたが、あの味はどうしてもでない。

「ああ、彼女が生きているうちに教えてもらえばよかった」

何言ってるんだ、生前は台所に入ったこともないくせに。

後悔先に立たずとはこのことか。

いま住んでいるところは二子玉川に近い。そう、これも卵の縁か。

歌いま唱歌？

小山　るみ

歌声が響いた。70数年前少年少女だった人々の清冽な響き……。歌声は縒り合わされ、時を超えて紡がれていく。戦前の唱歌を歌い続ける人々の目に涙が浮かんだ。

話は10年前にさかのぼる。NHK大阪放送局の電話相談室のできごとだ。当番勤務を終えようとしていたKは、隣の席の電話に耳を傾けた。「唱歌」「戦前」「BK」そんな言葉が洩れ聞こえてくる。担当の同僚は、困惑ぎみで辟易している様子でもある。

「ちょっと代わって」

とKは同僚から受話器を受け取った。これがKと「BKコドモ唱歌隊」の出会いとなる。

電話に出たKの耳に、苛立ちの混じった老人の声が響いた。性急に話を続ける相手にら「ごめんなさい。担当が代わりましたので、まずお名前から伺っていいですか？　私はK

と申します」

と、ゆっくり話しかけた。電話線からぐっと息を呑むような一瞬の間が伝わった。

「私は名古屋に住んでいるHです。子どものころ大阪に住んでましてね」

よし、落ち着いた。大丈夫だ。それから……、電話線から伝わる物語が始まり、時代は昭和12年へと急速に巻き戻っていく。

「今日なぁ、びっくりするような電話があったんやで」

その夫の言葉に、遅い夕食の後片づけをしていた私は皿洗いの手を止めた。

「昔、BK（NHK大阪放送局）で、コドモ唱歌隊いうて、小学生を集めて唱歌を練習させて、放送で歌わせたり、軍の慰問なんかに行かせとったらしい。元唱歌隊員やった、言う人から電話が入ってな」

「今の放送児童合唱団みたいなもの？」

「いや、各学校から推薦を受けて集められたそうや。成績、声の良さ、性格なんかも考慮されたらしくて、これに選ばれるちゅうことは結構な名誉やったらしい」

「それ、いつごろの話？」

「昭和12年から14年言うてたなあ」

「ええーっ、戦争は16年から20年でしょう？　戦前てこと？」

「戦前と言うても、日本はもうそのころ満州や中国で泥沼やったからなあ。小学生でもお国のために、歌わなあかん時代やったんやろな。もっとも子どもは、物資が窮屈な時代にいろんなおみやげもろたり、車に乗れたりするのに、無邪気に喜んどったらしいけど」

「で、その電話の人は何の用だったの？」

「同窓会やりたいので、名簿があれば欲しいそうや。唱歌隊の記録はもうない、と資料室は言うけど、捜してみようと思っとる」

その夫の言葉に、私はくすっと笑った。また、この人の世話好きが始まった、と……。

名古屋のHさんは、昭和4年生まれ、大阪で教員の家庭に育った。小学3年生の時、大阪市内の小学校から選抜され、NHK大阪放送局の「BKコドモ唱歌隊」1期生として活動を始める。男子11名、女子14名程度で、毎週土曜日に放送局スタジオに集まり、府立大阪女子専門学校のM教授の指導を受け、唱歌や音楽劇の練習を行った。そして、放送での本番の他、陸軍病院を慰問し、その歌声は傷病兵の心を癒した。

当時のラジオはすべて生放送の時代だった。緊張の中で待機し、物音させずに移動。アナウンサーの紹介の後、ピアノに合わせて歌いだす。午後6時からの放送が多かったため、終了後放送局から車で各方面別に送ってもらったそうだ。自家用車など庶民に縁遠い時代である。ご褒美として放送局で配られた鉛筆やキャラメル以上に子どもたちの心に残ったに違いない。そして2年で唱歌隊卒業式を迎える。昭和14年春休みに最後の放送をすませ、放送局地下食堂でお別れ会が開かれた。記念品のシャープペンシル、万年筆、時計などの品々は、宝物として彼の人生に寄り添った。

高校の教員となったHさんは退職後、ある旅雑誌にコドモ唱歌隊の写真とコメントを書き送った。そこからだ。思い出探しの歯車が回り始めるのは……。その投稿を見た読者から「自分もコドモ唱歌隊に在籍した。懐かしい」と雑誌社から手紙が転送されてきたのだ。

よし、コドモ唱歌隊の仲間を捜し出そう。

まず、NHK大阪へ唱歌隊の記録の有無を問い合わせた。調べて後日連絡する、と言った担当者からは返事がなく、怒り心頭の時Kと巡り会う。Kはマイクロフィルムで保管された記録を見つけ出した。また、各小学校の同窓会に呼びかけて、唱歌隊のメンバーを数名探し出す。その努力の下、1期生、2期生の16名の連絡先を見つけ出した。ようやく第1回目の唱歌隊同窓会の用意が整い、平成19年9月末、新NHK大阪放送会館に7名が集う。

「そこで、相談なんやけどな」

夫が私に語りかけた。唱歌隊が同窓会を2度開いた報告を受けた直後だった。

「今まで2回同窓会やって、BK見学と食事会はしたんやけど、どうしても歌いたいんやて。昔歌った楽譜はある。伴奏したってくれへんやろか」

第3回コドモ唱歌隊同窓会は、神戸の我が家で行われた。70年前少年少女だった8名の歌声は、その年月を感じさせないほどの清冽さに溢れた。初めぎこちなさが残った歌声が、段々と潤ってくる。個々の歌声が次第に縒り合されていき、思い出という横糸が、彼らの歌声を織り上げていくかのようだ。「富士山」「池の鯉」「春の小川」「牧場の朝」「冬景色」「愛国行進曲」「進水式」……、「愛国行進曲」では「振り」まで付いて、なごやかな笑いに包まれた。

懐かしい曲を歌い終えた後、最後の楽譜にたどり着いた。短い前奏の後、歌声が滑り出た。「コドモ唱歌隊の歌」だ。♪声を揃えて歌いませう。われらBKコドモ唱歌隊〜　節目に皆が必ず声を揃えて歌い、唱歌隊員である誇りに満ちた歌。涙で声が潤んでいった。

「唱歌」は子どもの「歌」の総称であるが、明治政府の教材用曲は、教訓用、美文的文語体歌詞が多く、芸術的とは言い難い曲も多かった。大正7年に「赤い鳥」運動が起き、「子供の本性を尊重し、芸術として真価ある作品を創作する」主旨が、大正ロマンを生み出した。しかし、その文化の花は、戦争へ突き進む波にのみ込まれていく。

マイクロフィルムで夫の持ち帰った当時のラジオ番組行程表、ある日の放送プログラムにそれが如実に表れている。

連続童話劇の大佛次郎作「海の子供たち」、ドラマ「銃後の護り」、浪花節「軍国の母」。また別の日には唱歌「出征兵士、橘中佐、勇敢なる兵士」（コドモ唱歌隊）、講演「非常時の心身鍛錬」、そして「皇軍慰問の夕べ」には歌謡コント「敵前上陸」、落語「手りゅう弾」、小唄コント「戦車」、琵琶「空襲」、オペラ「陥落」と続く。強烈な軍国主義のにおいが漂う。今の北朝鮮を誰が笑えようか。

ＢＫコドモ唱歌隊の同窓会は8回目をもって終了となった。Ｈさんが唱歌隊記録の有無をＢＫに問い合わせてから11年、第1回同窓会から6年の月日が経っていた。最後の会合で主宰者のＨさんはぽつりとこう述べた。

「唱歌隊は軍国主義の産物なのだろうか？」

それから数年後にＨさんは静かに旅立った。彼は晩年に唱歌隊の軌跡を追い求めた。人生を織り上げていく布地に例えるならば、不思議な糸の絡み合いが70年後の出逢いを生み、迷いながらも共に喜びを紡いだ。私のピアノの音色は織りなす布地を彩ることができただろうか。

Ｈさんは空の上でも美声を響かせているに違いない。歌いま唱歌《しょうか》？

プレゼント

うらやすうさぎ

「What do you want to be?（何になりたい？）」と生徒に聞いたら、一人の生徒が恥ずかしそうに私を指さしてくれたことがあった。二十代半ば、児童英語講師をやっていた時のことだ。年端もいかない小さな子供数人相手に英語を好きになってもらおう、その一心で授業を行った。留学経験がない私でごめんなさいといつも心の中で生徒に謝っていた私にとって、それはとんでもないサプライズだった。自分の生き様を肯定されたようで、二十代半ばにして人生の頂点にいた。生徒にもっといい教育を行いたいと教師を辞めて留学を計画したが、当時の周囲の賛同を得られず断念。その後生活のために、三十歳の時に派遣社員として勤めた会社に縁があり、正社員として働きだした。何になりたいか聞いていた私はＯＬに戻った。

「還暦の頃には、今よりできることを増やそう」と四十八歳の時に方針を立てた。当時の私は、仕事以外何もできなかった。ただただ十八年間、同じ会社で友だちも作らずに同じ仕事をして、残業続きだった。それが苦痛だったわけではない。仕事は楽しかったし、それなりのプライドもあった。米国に海外出張してカンファレンスに参加させてもらった時は人生で二度目の頂点にいた。全て順風満帆かのように見えたが徐々に何かが違うと思い始めた。人として何かが足りない――人生の方針を立てたと同時に、長く続けた部門から異動させられて三か月ももたず身体を壊して退職。服薬、自宅療養の身となった。さて、家にいても何をしていいかさっぱりわからなかったのが最初の三年間。会社オンリー人間の末路そのものだった。結婚していても子供はいない。家でぐうたらしているだけだった。あの英語の教え子たちが社会でばりばり働き出している頃だと思うと、どん底に感じた。

「そうだ、楽器をやろう」。それが一つのターニングポイントだったかもしれない。それからはオカリナを習いに、そして音信不通にしていた旧友に連絡をとって家に招き、着付け教室や料理教室に通い、気がついたらカレンダーにびっしり予定が入るようになった。旧友には成人した子供をもつおかあさんもいて、おしゃべりが楽しくなった。というのも、以前は自分に子供がいないことから負い目を感じて、子供のいるお母さんや若い方々にどう接していいかわからなかった。子供は意図していないのではなく、残念ながら授かれなかった。子供の存在を慈しみ、自分たちも子供のいることにより成長していく姿を思い描いていた。しかし、五十歳を過ぎ、いないものはいないんだとふっきれた。主人と家猫がいるだけで十分。子供のいる生活を聞くのが新鮮で楽しくなった。着付け教室で娘ほど若いお嬢さん先生にも、おばあちゃま先生と同じように、敬語で話す。とはいえ、それほど社交的ではないので、聞くのが専門だ。

「あなた、物書きになりたいと言っていたわよね」。数年ぶりに会った友人から言われ、はたと思い出した。広報という業務を長くやっていたので、その集大成として自分の好きなことを書きたいと思っていたのだ。友人とはありがたいものだ。早速公募の雑誌を買って、パソコンで自由気ままに書き始めたところ、時間が経つのを忘れるほど楽しくて仕方がない。愛猫との楽しい生活を綴ったエッセイが入選し、書籍化された。人生で三度目の頂点にいた。そうだ、これが会社一辺倒だったころの自分が望んでいた、趣味に没頭できる自分だ。エッセイが掲載された書籍を買い込み、年賀状のやり取りだけだった数人の旧友に贈呈し、それをきっかけに数十年ぶりの再会を果たした。話下手な私のコミュニケーションの一形態だ。話下手ということは文章を書くのも容易ではないということだ。だが、文脈を追っていくと思わぬ自分の側面が、そして次にやるべきことが見えてくる。そうこうして後半二年間楽しい専業主婦生活を満喫して、次のフェーズを感じ始めた。

「お金を払うだけでなく、自分で稼いで、ギブアンドテイクで社会とつながりたい」と思ったのはその頃だ。薬は飲み続けているが社会に出るかどうかの判断は私に委ねられていた。私の人生の主役は私だ。私が舵をとらなくてどうする。そして、数か月に亘る就活の結果、アラフィフにして無事、営業事務、正社員の座を射止めることとなった。会社は事業自体公共性が高いため、働くことを通じて社会に貢献できる。前職と比べて給与は決して高くないが、某雑誌で「女性が働きやすい会社」ランキング上位をとった会社だ。私生活も大切にできる。十

公私にわたる目標を書いたシールを裏に貼られただるま達

か月働いた今、「おばさんは扱いにくいと思われないようにしよう」と考えている。前職後半難しかったのは、自分のプライドに自分を縛りつけていたことに気がついたからだ。プライドとは決別することを決めた。新しいことだらけの中、年始にだるまを用意し、自分を鼓舞している。パソコンの前に勢ぞろいしているだるまを見るたび、謙虚の念を覚え、頑張ろうと思える自分がいる。そして日々、人生そして人、色々あって味わい深いと常に感謝するようにしている。なぜか。近しい者の死を経験したからだ。

実はバツ一の私。二十年近く前に別れた元主人が血栓系の病気で急逝したことを知ったのは、私が自宅療養をしている時だった。違う場所からでも同じ空を見ていられればそれでいいと思っていたのに、願い空しく五十代半ばで逝ってしまった。明るく人望があり、小さいながら会社の経営者だった彼。その時から、人生の長短で幸福度は測れない、いかに生きられたかが重要と思うようにしている。好きなことをやれて彼なりに幸せだったのだと信じている。そして別れて時間が経った今、もう一点信じているのは、彼は夫婦双方ともに幸せになるために、離婚という道を選んだのだろうということだ。経済的に子供を産める状況ではない中、また、双方の家族関係が難しい中、私が子供を産める年齢ぎりぎりの時彼が離婚を切り出したのだ。じっくり話し合う間もなく、冷えかけていた夫婦生活にピリオドを打った。

「それならばせめてこれからは、私が自分も相手もｈａｐｐｙになる人間関係を作ろう」

人生の方針を追加した。亡き元夫の遺志を引き継ぐことにしたのだ。え？　今の主人と別れるのかって？　とんでもない。私流のｈａｐｐｙ×ｈａｐｐｙだ。猫を含む二人と一匹の家庭を基盤に、突発的な幸せだけでなく、様々な人間関係においてじわじわくる幸せも追求しよう。エッセイやブログも活用した私なりのコミュニケーションで。人と深く楽しく関われるのはとても幸せな生き方ではないだろうか。今私の目の前には、様々な趣味と人脈そして仕事とで、彩り豊かな道が交じり合いながら開かれている。結果的に「何か」になるかもしれないし、ならないかもしれない。でも焦らない。この境地に至るまでの自宅療養時代の五年というリフレッシュ期間を、天から与えられたプレゼントとして受け取って、一歩ずつ自分の道を歩んで行こうと思う。

五円玉の教え

髙橋　裕一

夕食の支度をしていた母が、その手を止めて、弟を咎めていた。

昭和三十年十二月、初冬の冷えた宵のことだった。

当時、弟は小学三年生。

母は、近くのお店に、日用品のいくつかの買い物を弟に頼み、弟はそれをすませて帰ってきたときのことである。

弟は、母に頼まれたものはしっかり買ってきている。

それなのに、母は弟が買ってきたものを並べ、執拗に弟に問いただしている。

買い物のおつりが五円不足しているというのだ。

弟は、おつりのお金は手に握ったまま家に帰ってきたので、足らない五円は、帰る途中、気がつかないまま、道に落としてしまったかもしれない、と言いわけをしていた。

母は、弟のそのことばを納得していないのだ。

弟は、下を向いたまま、あとは黙ったままでいる。

母は、手にしたお釣りのお金を、どのように持っていたのか、手の荷物を持ち替えたときはどうだったのか、落としたと思えるときの心当たりはないのか、何度も何度も聞く。

弟は、『知らん』の一点張り。

わたしは、五円だったら、そんなに叱らなくてもいいのにと思った。弟も早く謝ればとも思った。

『かあちゃん、失くしたんじゃしょうがないよ。これから気をつければ。それに、五円だし』

と、わたしは声をいれた。

そのとき、わたしは中学生。高校受験もあって、机にへばりついていたわたしに代わって、弟が買い物に行ってくれたのだ。

しかし、母は弟を見据えたまま、だまっている。

弟は、これも下を向いて、黙ったまま。

すると、母は、店までの道を、弟と一緒に、落とした五円玉を探しに行こう、といいだした。

十二月、日暮れは早く、外はもう暗くなっている。時刻は宵の五時をまわっている。

わたしは、母の頑なな様子にしつこさがすぎると思いながら、弟に助け舟を出した。

『明日の朝、登校前に、弟と一緒に、通った道を探しにいくよ』

外は初冬、夜の空は満天の星が寒さに冴えている。

近いとはいえ、店までは約五百メートルはある。それに、当時の道は砂利道、外灯などもなく、道の両側は草である。

どうさがしても小さな五円玉ひとつが、暗い夜道、見つかるわけはない。

しかし、母は、頑として言いはる。

『遣ったおかねは、惜しくはない。なんに遣おうと、それで、おかねはおかねとしての役目を果たしたんだから。おかねは、自分としての価値を活かしたことになる。だけど、なくしたおかねは、おかねがおかねの仕事をしないまま、価値を失ってしまう。これでは、手元にきたおかねに対し、申し訳がない』

『五円が惜しいのではない。五円ぐらいはとお前はいうが、おかねの値打ちは金額ではない、おかねを大事にする心が大事』

と母はきつく話す。おかねを失った弟に、容赦のない眼差しをむけたままである。

『これから、道に落ちていないか、探しにいく。ユウイチはちょうちんにロウソクを用意して』

母は、二歳の妹を袢纏《はんてん》で背負い、背中の妹には頭まで襟巻きをかけ、外に出た。

しぶしぶ付いてくる弟を先に立たせ、お店までの道をたどったのだった。

お店に着いたとき、母は、弟に、お店の人がおつりを間違えたのかどうか確かめてみるといった。

すると、弟は、お店の人はおつりを間違えていない、ときっぱりいいきった。おつりは自分でたしかめてもらった、といいきる。

わたしは、月明かりの道をちょうちんで母と弟の足元を明るく照らしながら家まで戻ってきた。

道幅一間ばかりの畑道。

宵の口とはいえ、誰一人通らない。

ときどき聞こえてくる犬の遠吠え。

点在する農家の明かり。

満天の星の中に北斗七星。

自分たちの今ある存在を実感したときでもあった。

弟も、母も、わたしも黙ったまま。

この夜道に、五円玉は見つかったわけではなかったが、家に戻ったとき、わたしは人生の大きな何かが心に刻まれた思いがした。

先日、この話を弟にしたら、弟は、ぽつりといった。

『あのときの五円、あめを買《こ》うてしもうたんや』

母は、このことを、察知していたのだろうと、今になって思う。

おかねの大切さ、内緒での無駄遣いを、体をつかっての諭し。

このときが、わたしにとってまさに人生の隘路、おかねの価値を活かした生き方を教えられ学んだときだといえる。

聞けば、弟もこのときのことを肝に銘じて生きてきたという。

たかが五円、されど五円、消えた五円玉を通した母の教え、わたしの人生の根幹となってきたのだった。

邂逅

やまもと　けいこ

「あなたには文章を書いていてほしい」。そう言われたことがあった。ずっと昔のこと。何かを言わなければいけないと、苦しまぎれに出てしまった本音だったかもしれない。その人はずっと文章を書き続け、私は書くどころか喋る仕事さえもやめた。言われた言葉はどこかに消えた。消していた。

五月。伯母が亡くなったので、久しぶりに実家のあった神奈川県大磯町に帰った。一人海沿いにあるホテルに宿泊した。最上階だったので大磯の山並みが家々のむこうに見渡せて、こんな所で私は大きくなったのかと懐かしく眺めていた。昨夜の雨で街は煙っていた。

あまり好きではない街だった。小さな街で、家から駅に行くまでに何度も知った人に出会う。どこどこの誰々ちゃんよと皆が知っているような距離感の近い関係が、どうも煩わしかった。いつも笑顔いっぱいの子でいるのが面倒だった。大磯を離れたかった。

就職したのは札幌の放送局。アナウンサーになった。そして今は神戸に住んでいる。大磯で二十三年。札幌で五年。神戸で暮らして三十五年になる。

それにしても久々の大磯は空気が優しい。というよりここにいる私が優しくなれる。今思えば、ここで生まれ育った私はまちがいなく本当の私だった。

そして札幌で暮らし、喋り、感じた私もギュッと凝縮したような私そのものだった。喋ることで自分をみつめ、自分自身を感じられた。好きだけではやっていけない仕事。でも好きだからこそやっていける仕事だった。大好きだった。自分を生きていた。

それなのに。今にして思えば、それなのにだ。人生には大きく道を変えてしまう時がある。真夜中の電話。無言。電話を切る。気になって、また受話器を取る。無言。電話を切る。それでもむこうの気配を感じ、再び受話器を取る。通じた電話。その後、私は喋る仕事をやめた。不安や悲しみから目を背けた。現実から逃げたかった。電話の夜、甲子園土産をもらった顔の書かれた貝殻を、札幌のアパートの窓を開け思いきり雪の中に投げ捨てた。未練を捨てた。私の本心も閉じ込めた。そのつもりだった。

今は、主人と私と娘の三人暮らし。息子は東京にいる。仕事をやめて半年が過ぎた頃、神戸で知り合った人と結婚。主人と主人の母と私の同居からスタートした結婚生活。結婚して一年半で主人の母は亡くなってしまったが、とにかく親戚づきあいの多い家だった。みんな私に良くしてくれた。優しい人たちだった。仲間に入れてもらえることが嬉しかった。私の幸せはここにあると思った。良いお嫁さんであることが私の幸せに繋がる。みんなに気に入ってもらうことが私にとっての生きていく最善策だと思い込んだ。いつも笑顔で、ありがとうといっぱい言おう。みんなのために精一杯頑張ろう。自分の気持ちなんかどうでも良い。間違っていても、そうですねと笑って言おう。気がついたら、都合の良いお嫁さんになってしまったようで、疲れていた。自分自身がいなかった。感情は無い方が楽だった。誰が悪いのでもない。自分で自分を追い込んでいった。

せっかく頑張ってアナウンサーになり自分を感じられる仕事をしていたのに、一時の感情でその全てを投げ出してしまった自分。どんどん間違った方向に進み、ひっそりと身を潜めるように感情を押し殺し仮面をかぶってそれを自分だと思い込もうとしてきた。それしか方法がみつからなかった三十年以上。窒息しそうだった。私はここで生きているよと叫びたくなる。「あなたには文章を書いていてほしい」という言葉が時々蘇る。三十五年の時を経て今私の中に何があるのだろうか。自分の感情を解き放ちたい。自由でいたい。明るく、暖かく、輝いていたい。

すれ違い続け、巡り合うことができなかったさまざまな縁、人や物、本当の私。時は戻らないしやり直しもきかない。ただ、いつか偶然に何かのきっかけで出逢うことがあるかもしれない。そう思っていたい。

久々に会ったいとこ達や旧友の中で、昔と変わらない自分もいた。札幌の雪の中に捨ててきてしまったものは何もなく、今も私の中にしっかりと存在している。ただ封印して見ないようにしていただけだった。私の中にあった熱いもの。再び巡り合えるように自分を生きていこうと思う。

ホテルの窓の外を見ながらあれこれ考えていた。そろそろチェックアウトの時間だ。雨はやんでいる。自分を諦めないで私らしく歩いて行こうと反省。シャキッとした姿でさっそうと歩いている私でありたい。家へのお土産は、名物のさつまあげと花吹雪というおせんべいに決めた。久々に履いたパンプスで足が痛い。早めに神戸に帰ることにしよう。

半世紀生きてようやく気づく

八木　裕子

虫が飛んでると思ったら飛蚊症《ひぶんしょう》の老眼らしいと発覚し、いい歳になっている自分に最近気づいてゆるく驚いた私。

思えば、物心ついた時から何かにつけて「気づくのが遅い」人間だ。

そもそも、女子のご多分に漏れず、子供の頃から光り物やドレスが好きだったと記憶しているが、長女だったためか母の趣味だったのか、私はオオカミカットヘアにブルーの服、妹はお下げ髪にリボンでピンクのワンピースと何故か区別されていた。

そこに、特に疑問も持たず、ボンヤリと与えられるままになっていた。

そうして、女子っぽいものはあえて選ばない可愛げのない小学生に成長した頃、ようやく少女漫画の女の子のドレスやフワフワの縦ロールヘアに明確に憧れ、子供向け番組の可憐なマドンナのバレリーナ姿を観て「これだ！　私のなりたかった姿は！」などと痛烈に実感したが、ボーイッシュスタイルが定着しすぎてイメチェンするには時すでに遅し。

子供ながらに「望む自分の姿」でないことにフラストレーションを抱えたままの不機嫌な女子児童は、当然のようにキラキラした女子たちのグループには入れてもらえず、多分苛められてたのかもしれないが、それにも後から「もしかして、あれが苛めだったのか⁉」と気づく始末。

我ながら、本当に愚鈍で凡庸な子供だったことよと、改めて呆れる。

相変わらず可愛げのない中学生になった頃、クラスで「可愛い」とチヤホヤされる女子を羨む乙女心がここに来てようやくハッキリと芽生えた。

それまでは母の散髪（オン・ザ・眉毛&刈り上げスレスレのダサすぎるオカッパ）に甘んじていたが、ついに「おしゃれ」を目指して反抗を始めるも、入学式こそが女子のマウンティングを決定付ける大切なデビューだったことに気づくのがまた遅すぎた。

ダサダサの無表情な女子が、当時流行った聖子ちゃんカットを真似ようと頑張る姿はさぞ痛々しかったろう。

結局、パッとしないまま高校へ。

今度こそ入学式デビューをしくじるまいと自分なりに気をつけていたつもりだったが、なんと高校という所は想定のワンランク上だった。

中学の頃のカワイコちゃんが霞むほどの美少女がゴロゴロいたのだ。

中学では所詮子供のレベル、しかしここでは既に大人びた「美」で輝く存在があちこちにいて、彼女たちは間違いなくモッサリ女子の何十倍も己磨きに余念がないのが見てとれた。

四角い輪郭がコンプレックスだった私は、まず角ばった額を丸くするため前髪を抜いて整えるというアイデアを思いつき、我ながら天才だと自画自賛しながら家族に見つからないようコッソリと鏡に向かった。

夢中で抜き続け、野球ボール大の毛玉ができたころ、縦にやたら広がった額を持つ大顔面女子高生が仕上がった。

ちょっと考えれば分かるものを、気づくのが遅すぎた。

ついでに、抜いた髪はまた生えてくるということにも後になって気づいた頃には、生えたての短い髪が「自由の女神」の冠のように私の額を飾っていた。

私がいかに可愛くなるかに心を砕いていた頃、同級生たちはしっかりと進路を考え、そのための努力をしていたと知ったのも遅かった。

結局私は、自分が将来どうなりたいかなんて考え始めるのも遅すぎて、何となく入れるレベルの短大で、これで良かったのかを自問自答する2年間を過ごした。

アパレル会社のシステム室に「とりあえず」就職できたが、またしてもここに来てようやく自分がやりたかったことのいくつかに気づく。

しかし、新卒売り手市場の時代、転職は容易でなかった。

3年間勤めたあと、自分のやりたいことに片っ端から挑戦してみようと一大決心し、退職。

派遣会社に登録し、端から見たら、まったく脈絡のない仕事を色々とやってみた。

そんな中知り合った人達の何人かが、留学経験者だったが、ここでまた、そういえば、留学にも憧れてたんだったと思い出し、なかなかいい歳で語学留学。

帰国後、再び会社員となる幸運に恵まれたが、「そういえば、私は定時の通勤が苦手だった」と思い出す。

結局、今はフリーで細々と働いているが、現在つくづく思うのが、「キチンとお給料を頂ける会社員は良かったな～」なんてことだ。

思い返せば返すほど、本当に私は何事にも気づくのが遅い。遅すぎる。

この調子だと、絶命したあとに「あっ、まだ死にたくなかったんだった」なんて気づくのかもしれない。

いつか娘が天に召される日まで

ひだまり

新元号「令和」がスタートしたのを機に、少しでも日本の社会が変わると信じ、「さて自身の役割は？」と考えてみる。

今年還暦の自分の気力と体力で、一体何が出来るだろうか？　でも残された時間が少ないからこそ、躊躇せずに前へ進もうと思う。

三人の子の母である私の願いは、我が子の幸せ。平凡だけれど、真に切実な願いなのだ。

平成の全ての時間を使って、命懸けで三人を育てた。末っ子長男が昨年成人したので、普通だったら、ここから世の母親は、第二の人生を楽しむものなのだろう、私の子育ては永遠に続く。二女「千笑《ちえみ》」が、重度の知的障害を伴う自閉症のおかげで、我家には日本が抱える社会問題がぎっしり詰め込まれている。娘と同じ病気で苦しむ方々の不安が、少しでも解消されることを願い、広くご理解頂くためにも、勇気を出して書き伝えたいと思う。

私は自分で産んでいながら、千笑が悪魔に思えて、顔も見たくないことがある。その度に自分の醜い心に嫌気が差し、いっそ悪魔と一緒に地獄へ落ちたら、どんなに楽かと考える。

何かを察して、千笑の姉と弟が私に声を掛けてくれ、「まだ死ねない」と正気を取り戻す。千笑の姉は、昭和だったら適齢期も過ぎ、家から追い出しているのだが、29年居座って毎日少し遠めの職場に通っている。親としては、姉だけでも結婚して幸せになってほしいけれど、きっと母親のことが心配なのだろう。

私は、ドライブが好きな千笑が、毎朝2時間、休日だと10時間も車に乗っても、「もっと」と暴れ始めると夜通し運転する。真夜中の国道を、暴走する車と追いかけるパトカーに挟まれたりしたら、「いっそこのまま」と思ってしまう。そんな時必ず届く長女からのメール「お母さん、運転気をつけてよ」に目覚める。長女は明け方帰宅した私を起きて待っている。

千笑の弟は、私と千笑のやりとりを生まれてからずっと見て育ったせいか反抗期もない。昨年春、大学進学のため家を出たのだが、時々連絡を入れると、
「母さん大丈夫？　何かあったの？」
と、逆に息子に心配してもらっている。
弟が大学の受験勉強をしていた時も、千笑はお構いなしに、一晩中自室の壁を叩いたり、

大声で泣き続けたりで、大いに足を引っ張ってくれた。一時、自宅近くの大学も考えていたようだが、ある出来事がきっかけで、私の方から「家を出なさい」と強く言い放った。

あれは二年前の八月、花火大会の夜だった。会場は本当に自宅近くだけど、千笑が人混みが苦手なので、一度も行ったことがない。毎年長女の部屋から、大きな音と夜空に咲く花火がズレることなく、すごい迫力で楽しめるから、それで満足している。いつも花火が終わったら、大きな音に興奮した千笑が火が点いたように泣きだすのに（？）不気味に静かだった。

「ラッキー、今のうちに」

と、私は風呂に入り、湯舟に浸った瞬間！

「救急車を呼んでくれ!!」

夫の徒《ただ》ならぬ声に、慌てて浴室からリビングに向かった。一瞬で何が起きたか理解し、タオル姿のまま、救急に電話をかけた。

「もしもし、自閉症の娘が、父親の腕を噛んで、皮膚が30センチ剥がれてます。出血もすごいので、すぐお願いします」

口のまわりを血で染め、鬼のような顔で泣きながら、家中をハイスピードで走り回る千笑さん。今年の花火の代償がこれかよ……。

そのドタバタ音に、仮眠中の受験生が二階から下りてきた。まさに救いの戦士である。

救急車が到着するまで、息子は父を洗面台に連れて行き、冷静に対応していた。私は服に着替え、何とか千笑を自室で落ち着かせた。

二名の救急隊員が、手早く夫の怪我の応急処置と病院の手配をしてくれた。

私は、無表情で血だらけの床を拭き始めた。透かさず息子が、私の横に来て手伝いながら「血って乾くの速いね。サスペンスドラマの撮影現場みたいだよなぁ」。

何もかも嫌になった私に寄り添ってくれているのが、伝わってくる。全く情けない母だ。

「大切なのは　だんなよりリビングの床ですかぁ」

目がそう語っている様子の隊員から

「ご主人に、奥さんが付き添いますか？」

と言われ、私は考え込んでしまった。

長女は、今夜遅番で、あと一時間は帰って来ない。千笑と息子を二人っきりにして。明日テストだから、本心苛立っているかもしれない。もしも千笑を殺したりでもしたら。

息子もまた、「母親が千笑を」と考えたのか、「父さん、ひとりで大丈夫でしょ？」と、切り出してくれ、治療が終わったら、私が迎えに行くことになった。

長女が帰宅した頃には、千笑も泣き止み眠っていた。仕事で疲れた姉も眠り、息子の勉強している気配だけがする中で、夫からの連絡を待ち、色々と考えた。

どうして、こんな障害を持って生まれてきてしまったのだろう。こんなに世の中が進化しているのに、誰か脳の解明をしてくれる人はいないのだろうか。千笑は24年間、言葉も分からず苦しみ続けていることも痛い程分かる。

今まで多くの方々に支えて頂き、支援学校卒業後も、希望した施設へ通所することも出来た。千笑はこの施設が大好きだ。私も毎日深く感謝して送迎している。でも親亡き後を考えると、この施設に入所させたいと思う。今は、人手不足と入所希望者が多く30年待ちの状態なのだとか。重度だからこそ、本人の好きな居場所を見つけてあげたいのに。

それから、姉と弟のこと。千笑中心の生活で、この二人をどうやって育てたのか覚えていないことが多い。家族旅行、家族写真、弟となると赤ちゃんからの写真すら殆どない。一日一日を必死に生きることを続けてきた。親と子なのに戦友にしてしまっていた。きっと親以上に悩み続けていると思う。もう二人を自由にしてあげなければ……。それぞれの人生を後悔なく歩んでほしい。平穏に暮らすために母親である自分が強くならなければ！

子離れの決心をした時、夫から連絡があり、病院へ迎えに行った。23針縫った腕の傷痕が靴の中敷きに見えて、笑って夫に怒られた。

そして現在、26歳の千笑は、相変わらず「つむじ風」のように周囲を巻き込んで、元気に問題行動を起こしている。同居中の姉と父の存在を気にしながら、母の監視を使命とでも思い、台所では母の左側に付き、食事は母の分を自分の皿に移し足す。母のトイレも扉を閉めることを許さず、入浴時は浴室前で見張っている。疲れた時や病気の時も、夜以外横になることも許されない。母が死んだ時、棺おけから引きずり出される場面を想像すると、千笑より先に死にたくない。彼女を看取って安心して一生を終えたい。この二年間で少しは強くなった。息子の存在の大きさに改めて感謝したい。心が折れそうになった時には、千笑の施設の職員や主治医、ご近所さんも心温かく話を聞いてくれ、私も我慢せず泣けるようになり、心も軽くなる。涙は心の汗という昭和の言葉を、令和でしっかり噛み締めている。

本当は泣いてなんていられない程、問題は山積みのままだ。私の年齢で、長時間のドライブは疲れるし何より危ない。スーパーが好きで爆買いした食料をその日のうちに全部処理（食べきれない物は迷わずゴミへ）冷蔵庫も作りおきは出来ず、いつも空っぽだ。共働きするつもりで家を建てたのに、結局母は働けず、老後資金も何もない。笑うしかないが、諦めないで、今出来ることから頑張れば、きっと千笑の入所に繋がると信じている。また、少しでも良くなる薬が出来ることも期待したい。そのためなら、どんな社会貢献も惜しまない覚悟は出来ている。自分の老後より千笑だ。

千笑が生まれた頃の笑顔は、天使そのものだった。笑っていてくれるだけで幸せだから。千笑はこの不安定な時代の中で、怒って泣いて苦しみながらも一生懸命生きている。もし、順番どうり母が先に逝っても、ずっと貴女が優しい風が吹くひだまりの中で安心して暮らせる社会になるよう、母さん頑張るからね、千笑。

宇宙とチョコレート

中村　佐枝

わたしの好きなものその一、チョコレート。口に含むとゆっくり溶け出す甘さにいつまでも浸っていたい。好きなものその二、宇宙。行ったことはもちろんないし、宇宙って何なのか正しい答えはいまいち分からないけれど。限りなく広くて、遠くにいる友人も憧れのあの人も、わたしと一緒に丸ごと包み込んでいる宇宙はすごいと思う。

わたしの毎日を支えているものは主にこの二つ。単調でつまらない日々、刺激が強すぎて疲弊するとき、揺れ動くわたしの心を落ち着けてくれるのが甘いもの。そして目を閉じて頭に思い浮かべるのが広い宇宙。つらいときに助けてくれる人は周りにいても、そんな誰かを想うと襲ってくるのが「もしこの人がいなくなったら」という漠然とした不安。人間の命に永遠はなくて、わたしのこの身もいつどうなるか分からなくて……心にそんな惑いが現れたら、とりあえず、空を見上げて風を感じる。そしてひとくちチョコを食べる。

小さい頃から引っ込み思案で、緊張しいの心配性だったと思う。初めてのことはだいたい苦手で、自分で決めていいと言われると頭を抱える。これを選んだら後悔しないだろうか……結局何を選んでも、もし別の選択をしていたらと考える。

幼稚園のとき、プールが怖くて毎日のように朝から大泣きし先生と母親を困らせた。小学生のとき、修学旅行の出発前に謎の不安と緊張で具合が悪くなった。でも二日後にはすっかり笑顔で家に帰った。中学生のとき、部活と勉強に打ち込んだ。吹奏学部では重要なポジションを任され、創部以来初の大会進出を果たした。第一志望の高校に合格し、わたしの中に、「頑張れば、そして信じれば何事も叶うのだ」という理想的な教訓が出来つつあった。高校生のとき、ちょっとの挫折を味わった。予習も宿題も間に合わない、部活のハードな練習についていけない、好きな人には彼女が出来る。でも、何事も途中でやめずに最後までやりきった。壁を乗り越えることが成長に繋がるのだと感じられるようになった。

大学生のとき、まずまずのキャンパスライフが三年目に差しかかる頃、パニック障がいと診断された。発症したきっかけはたぶんけっこう単純で、色々と大変なことが重なったせいだと思う。部活で幹部を任されたプレッシャー、弱音を吐けない立場で多忙を極める日々、長く一緒にいた彼ともお別れし、この先の部活の運営やら就職活動やら考え出すと訳が分からなくなった。経験のない体調不良で、毎日もう何が不安なのかも分からなかった。時間をかけて作り上げてきた前向きな生き方が少しずつくもり出し、それなりの人生を歩んでいくと思っていたわたしの明るい未来は、正体の見えない影に隠れて見えなくなった。

不安で眠れない真っ暗な夜、明るい日差しが憂鬱な朝、体調を崩し始めてからの毎日は不安定だった。何をするにも大きな緊張が付きまとい、電車での通学、友人とのランチ、普通の人が普通にしていることにいちいちプレッシャーを感じなければならない。その度にわたしは病気なのだと突き付けられ、立ち止まって周りを見ると、街を行く人々がとても遠い存在に思えた。

訳の分からないまま進んでいく毎日に、わたしはとりあえず目の前のことを何とかやることしか出来なかった。学校も部活もアルバイトも、すべてお休みしてゆっくり療養するという方法もあった。でもそのときのわたしは、立ち止まるのが怖かった。そして、休むことで周りからどういう目で見られるのか怖かった。自分は冷静ではないと分かっていながら、とりあえず講義に出る、練習に出る。そういえばこの病気の診断を受けたその夜、アルバイト先の塾でいつものように授業をした。強いのか弱いのか自分でも分からない。

発症から一年くらい経った頃。幹部としての最大の仕事である定期演奏会は大成功に終わった。震える足で迎えた終演、観客数は数年ぶりに一千人を超えた。病気の自分が立つのは場違いだと何度も逃げたくなった舞台の上で、仲間の団員たちと共に拍手と歓声を浴びながら一年間の役割を終えた。その日は奇跡のような一日だった。任期を終え、少し肩の荷が下りたわたしは、普通とはなんだろうと考えるようになっていた。

わたしは病気で、正常じゃないから異常で。体調を崩してから、当たり前に進む世界からひとり取り残されている感覚にあった。でも、世界中でただ一人わたしだけがおかしいのだろうか？　きっとそんなことはない。むしろ、不安定な毎日を必死に駆けている人はこの世界にあふれているのではなかろうか。

性格も考え方も簡単には変わらないし、思うように出来ない自分にもどかしくなる。一度生まれた不安とはなかなかお別れ出来ないけれど、憂鬱で薄暗い、どんより重たい毎日のどこかにも、きっと微かな光がある。その光に気付くきっかけは人それぞれで、ほんのちょっとしたこと。沈んでいるときの自分は、見えるべきものが見えなくなっている。そして見ないでいいものを見てしまう。そんなときは、きっと答えを急がないほうがいい。時間が解決してくれるのを待つことにする。世間から距離を置いた場所で縮こまっていたわたしに、いつの間にか優しい光が差していた。

現在のわたしは、大学を卒業後、ＯＬをしながら一人暮らしを始めた。この前の連休には旅行に行った。来年にはまたオーケストラの演奏会に出ることが決まった。発症から数年、完治と言われる日はいつ来るのか分からない。全く症状がないわけではないけれど、わりと平凡な日々を過ごしていると思う。

生まれてから二十数年、一番のハプニングは間違いなくこの病気になったこと。ショックは大きかったけれど、ここからわたしは変わることが出来た。この病気と向き合いながら、小さい頃から自分の中にあった「人と違うこと」への恐怖に打ち克つことが出来た。わたしは実際ちょっと変わっていると思うし、普通じゃないところもあるけれど、周りを見渡すとだいたいの人が普通じゃないみたい。普通の人って何だろうか？　わたしは普通、あなたも普通、って、誰も決めることが出来ないと思う。周りと比べてどうのって、気にしているのはわたしだけなのかもしれない。以前はつらい思いをしている人を思うと自分も苦しくなっていたけれど、今は、苦しむ人に何らかの形で手を差し伸べたいと強く思う。わたしの中にあるこの勇気と希望は、病気の自分と普段通りに接してくれた家族や友人からもらった。それぞれ、自分の好きなように、思うままに生きていけばいいのだ。

この先わたしは何十年生きていくのだろうか。これからのことは分からないけれど、どんなことが起こるのか楽しみに思える自分がいる。病気はいつか治ればいいし、出来る範囲でやりたいことに挑戦していく。今のわたしの夢は、いつか海外に行くこと。オーロラをこの目で見てみたい。少し前まではちょっとの遠出も考えられなかったけれど、リハビリは少しずつ出来ればいい。すぐには難しいだろうけれど、きっといつの日にか。

人生いつ何が起こるか分からないし、生きているだけで悩みは尽きない。そんなとき、わたしはすぐに解決にたどり着こうとするのをやめた。わたしはわたしなりに、あなたはあなたなりに。自分の好きなことを大切にして生きていく。涙する日もあるけれど、とりあえず空を見上げて、ひとくち甘いものを。

あの日の笑顔（兵士の孤独）

C・T・スキー

最寄りの駅から電車で十分もすれば広島県に入ります。

広島に近いからなのか、昭和四十年代は戦後まだ二十年そこそこで、学校での授業や校長先生のお話も戦争のことが多かったのかもしれません。

授業で、原爆の話などがある度に私は、休憩時間になったら誰かから何か言われるかもしれない、とドキドキしていたのを思い出します。

私の父は米軍人でした。

太平洋戦争の際、硫黄島で日本軍と戦いました。

今思うと、私の父が外国人だとは知っていても、誰も太平洋戦争で日本軍と戦ったなどとは知らなかったのです。

硫黄島というと、壮絶な地上戦が行われたことで知られています。また、クリント・イーストウッド監督の『硫黄島からの手紙』で多くの人に知られるようになりました。

父の両親はポーランドからアメリカに渡った移民で、あらゆる移民が経験したであろう苦労をしてきました。と言っても祖父は早くに亡くなり、祖母は私が生まれた年に亡くなったため、詳しく聞いたことはないのです。

母親が亡くなって以降、一度も故郷に帰ることのなかった父は、六人兄弟の四番目で次男、
家計を助けるために軍隊に入りました。

家に送金をしては、たまの休暇に故郷に戻り、母の作るポーランド料理を食べるのが楽しみだったそうです。と言うのは、この話はほんの五年ほど前に従姉妹に聞いた話で、父から直接聞いたことはありません。

太平洋戦争後、父は朝鮮戦争に行き、その後はベトナム戦争に二回は行きました。

私の記憶の中の父は、ほとんどがむずかしい顔をしていて、タバコを吸いながらマスタードがたっぷり塗ってあるサンドウィッチを食べながらグラスいっぱいのお酒を飲んでいました。

妹が産まれた翌年に軍を退役してからも、毎日遅くまで飲み歩き、夜中に帰って来ては大声を出して母と口論になっていました。

母と結婚後も子供が三人いても、故郷への送金を続けていた理由はわかりませんが、母

はたいへんでした。

そのくせ、母が仕事に復帰するのを断固として許さなかったのですから、むちゃくちゃです。

母は質屋へ行ったり、友人に借りたり、毎晩の酔った父の大声の詫びに近所をまわったり、「たいへん」と言えば簡単ですが、その苦労は想像を絶します。

父はお酒が好き。ただそう思っていました。

父は眠れなかったのです。

夜中に猫が屋根瓦を鳴らしても、

「敵が殺しに来た」

と言ってすぐに飛び起きてしまう父を、

「大丈夫、誰もあなたを殺しに来ないから、戦争は終わったんだよ」

と母が落ち着かせていたそうです。

戦場で攻撃を受けた際に父だけが生き残った、ということが二度もあったと聞きました。

硫黄島での地上戦が、朝鮮戦争での戦いが、幾度となく映画化されたほど長く泥沼化したベトナム戦争が、この世でたった一人の存在である息子を、兄を、弟を、叔父を、夫を、私たちの父の体と心を無残に破壊し、ずっと蝕み続けていたのです。

夜のジャングルで、敵に囲まれて、自分だけが生き残って、父はどんなことを思いながら十代からずっと生きてきたのだろうか。

多くの戦争後遺症の人が、家族とも距離を取っていくのだと、父が亡くなって知りました。

退役軍人には職がなく、グアムに単身赴任になった父は、年に数回帰って来ました。やはり毎晩酔っては大声を出していました。

そして、いつしか消息を絶ちました。

軍関係や赤十字等で手を尽くした母も、仕事に育児に家事に追われる日々で、見つからない父を探すのを諦めてしまいました。

五年くらい過ぎたある日の夜、父から電話がかかってきました。電話をとったのは私で、父の声を最後に聞いた子供になりました。

父は長年の大量のお酒で体を壊し、手術を受けた後ずっとグアムの病院に居たそうです。

「帰ってきたらいいよ」

想像していなかった母の言葉がよほど嬉しかったようです。

数日後、東京の横田基地の空軍病院から電話がありました。

飛行機に乗る前、空港で父が倒れたと。

父は意識不明で、数日後五十六年の生涯を閉じました。八月の暑い日でした。

真っ白な顔で横たわる父の顔を忘れません。

父に幸せはあったのでしょうか、十代からずっと仕事して、戦って戦って、また戦って、戦友や敵が夢に出てきてうなされて、お酒の力をかりて浅い眠りについて、子供たちから煙たがられて。

なぜ、父がお酒を浴びるほど飲む理由が理解できなかったのか。ただ悔やまれます。

妹には、父の記憶がほとんどないのです。

ある日の夜、妹が産まれてすぐで、父と母がコタツの側で並んで座って、お風呂上りに自分で髪をとかす私を見て微笑んでいました。

私の記憶にある父の唯一の笑顔です。

母は、結婚前、父に出会った時懐かしい気持ちがしたそうです。

私の鼻の奥に微かに残る、少しタバコの匂いのついた父の体の匂い。時々、フッと戻ってくるのです。とても懐かしい匂い。父が側に居るのか、周りを見渡します。

誰が悪いのでもない、時代です。

戦争なんて、誰が悪いのでもないけれど、当然ですが二度とあってはならないのです。

父のような人生を、私たちのような家族をもう作ってほしくありません。

父は泣いたのでしょうか、どうしてこんな人生が、と。

後少しで家族に会えたのに、なぜ、あの空港じゃなければいけなかったのか。

もう一度、家族に会った後に倒れるのじゃいけなかったのか。

「パパ、そりゃあ、お酒も飲みたくなるよね」

もしも願いが一つ叶うのならば、十日でも一週間でも、いいえ二十四時間でいいのです、もう一度、家族五人で暮らしたいです。

もう一度、父の笑顔が母の笑顔が、家族で何となく微笑む子供になりたいです。

虐待のチェーン

ネコライオン

自分は人とは違う。
幼いころからそう思っていた。
人前で喋ると涙が出る。
恥ずかしい思いをすると涙が出る。
腹が立つと涙が出る。
優しさに触れると涙が出る。
そう、すぐ泣くのだ。
でもそれがどうしてかわからなかった。周りに私ほど泣く人を見たことがない。
父親からの虐待が原因ではないかと感じるようになったのは大人になってからだ。

高校を卒業と同時に父親から逃げるように大阪の専門学校へ進学した。

自由になれた気がした。

気がしただけで自由になんてなれなかった。

本当の自分は？

そう問いかけてばかりだった。人の顔色ばかりを窺い嘘の塊で生きていた。

それでも私のことを好きになってくれる人が現れ結婚した。二人の子どもにも恵まれた。

嘘の塊で生きていた私は次第に息が詰まり旦那との間には溝ができ修復不可能な状態となった。

子どもが3歳と1歳の時、旦那は出て行った。頼れる人はいなかったが父親のことがあり実家に帰ることはできなかった。私の行くところはどこにもなかった。

3人の生活が始まった。寂しさのあまり週末はシングルマザーの友達の家で遊び夕食を共にする。子供に寂しい思いをさせないように。

多分寂しかったのは私だったのだろう。

経済的にも精神的にも余裕がなくなり、気が付くと子どもにあたり、怒鳴り散らしていた。アルコールの量も増えていった。自分が幼いころから受けていた虐待を自分の子どもたちにもしていたのだ。あんなに許せなかった行為を気持ちとは裏腹に抑えられない自分がいた。夜になると自己嫌悪に陥り涙が止まらず朝まで眠れない日もあった。

子どものことが可愛くて仕方がない。それなのに愛し方がわからなかった。愛情って何だろう？　考えても考えてもわからなかった。

長男は高校生になり今までの鬱憤が爆発した。学校も休みがちになり家庭内暴力が始まる。私は今までのことを謝ったがどうすることもできなかった。壁に穴が開き、トイレのドアはへこみ、窓ガラスは割れ仕事が終わり帰宅する時間になると胃痛がした。地獄に帰らなければいけない。ため息が漏れる。

地獄……

長男にとって我が家はまさに地獄だったのだろう。私にとって幼いころから家が地獄に感じていたように長男も同じ思いだったに違いない。

長男の怒りは収まらず、ある日包丁を突き付けられた。息子を犯罪者にするわけにはいかない。娘を犯罪者の妹にするわけにはいかない。父親を求める息子。離れて暮らす旦那に連絡を取り長男を引き取ってほしいと頼んだ。

うつ病と診断されて7年、今でも精神科に通っている。仕事以外で外出することはほとんどなく週末はテレビを見て過ごす。

「あはははは」

こんな状況でも笑えるんだ。まだ笑えるんだと……

笑ってはいけない気がしてすぐ真顔になる。

心配した娘は私を外に連れ出してくれる。野球を見に行こう。野球を見ている間は心配事は忘れている。1試合1打席1球に賭けて、一つの勝利をみんなでつかみにいくその姿に自然と応援している自分がいる。

こんな私を愛してくれる娘がいる。

こんな私を必要としてくれる娘がいる。


令和元年のゴールデンウィーク。去年病気になった姉と癌の手術をした叔母の顔を見るためしばらくぶりに実家に帰省した。2日間だけだったが姉と叔母に会えて、両親や姪や甥に会えて楽しい休日を過ごした。

車に荷物を載せ両親や姉と握手をし、抱擁して元気でいてねと声をかける。涙があふれる。今度はいつ会えるだろう。あと何回会えるだろう。帰省するたびに感じる思い。父親を許そう。愛そう。前を向くために。

手を振ってアクセルを踏む。あふれる涙が止まらない。タオルで目頭をおさえる。それでもあふれる。

助手席の娘が「さみしい？」と聞いた。

答えられないままアクセルを踏み続けた。高速に乗ると、ため息一つ。

「よし、帰るか」

またいつもの毎日が始まる。娘のために精一杯生きよう。虐待のチェーンを振りほどいて家族のために前を向く。心から笑える日が来ることを信じて歩いて行こう。

人生の呼吸法

向日葵

　あれから六年が過ぎた。あれからというのは私が文学賞に自分の手記が入選の発表が届いたときからのことだ。初入選は大声では言えないくらい辛い話だった。当落の辛さではない。本文の内容だ。なにしろ、私は精神障害者であり、当時は自殺未遂を繰り返し行なう少しいかれたヤツだったのだから。

　しかし、私はなぜだかこうして息をしている。確か、あの当時は死ぬことしか考えていなかった。そんな私も三十路を過ぎた。今でも病気と共に人生を歩んでいる。大好きな執筆作業の隣には、まだ彼らの声が聞こえる。彼らとは目には見えない小学五年生時代からいる「エミ」と中学一年生からいる「トオル」の存在だ。彼らは相変わらず私の中にいて統合することもなく、一緒に楽しく会話をして私を支えてくれる。私が生きながらえているのは彼らのおかげだとつくづく思う。病名は「双極性障害Ⅱ型」彼らとは関係の無い病名だ。

私は自分なりに彼らの存在について調べてみた。結果、分かったことは彼らが「イマジナリーフレンド」またの名称「イマジナリーコンパニオン」という表現で表されるということだった。

通称「ＩＦ」二人とも私の体を借りて声帯を通して会話する。それはずっと変わりない。変わったのは環境だった。六年前、辛く長かった時間と環境は今ここにはない。父も母も健在だ。もちろん弟妹も。ただ、私は家族の環境を自ら望んで変えたのだ。今は障害基礎年金と生活保護でグループホームへ入居している。病気は良くなることを知らない。しかし、この六年の間に私は就職を経験した。ネットを通じて売買契約を交わす職務いわゆる、「ネットショップの販売員」の仕事だった。

履歴書を書きまくって数十社、障害者求人の雇用をしている会社に送り続けた。結論だけ言えば現実は厳しかった。返ってくるのは「不採用」の通知ばかり。そんな中、一社だけ面接まで足を引っかけた。あれはちょうど一昨年のクリスマスだった。その会社とは縁があったのか、まるで水が清く正しくサラサラと流れるように就職が決まった。大学時代から文章を書く作業しかしたことがなかった私にとって、それはとても新鮮で刺激のあるものだった。しかし、時としてその刺激は私を苦しめ始めた。必死で仕事に対応していた私は休息の取り方を知らなかった。そうして、六年前と同様に体は火を吹き返した。私は学習能力がないように思えて、自分自身を傷つけた。そのまま仕事は退職。半年ももたなかった。五ヶ月の短期勤務で得られたのは、自分自身のエンジンの回転数をコントロールするためのアクセルの踏み方、簡単に言えば「手の抜き方を行なう対処法」と「傷だらけの手首だけ」だった。その後も実家での生活に変化は見られないだろうと思っていた矢先、妹が妊娠した。十月になると、私の姪が誕生した。私はそのタイミングで主治医に辛いことを打ち明けるつもりでいたが、ちょうどその時期に主治医は一身上の都合により退職。

私は宙ぶらりんになったココロと体を持って新しいクリニックを転々とした。良い病院が上手く見つからないまま就職が決まった次の年の十二月を迎えて、ようやく相性の合うドクターに診てもらうことが出来た。やっと落ち着けると思ったのだが、それもつかの間、その主治医も辞めてしまうことに。私はこれを「絶望」と呼ばずしてなんと呼ぼうと思った瞬間だった。

でも、そんな私を天は見放すばかりでもなかった。クリニックのデイケアに通うのを勧められたのだ。デイケアにはストレスの対処方法の座学に加え、体操や音楽セラピー、料理教室など、数多くのプログラムが用意されていた。私は日中活動をそこで過ごすようになった。担当の作業療法士さんとは何でも話せる仲になった。私はある程度親しい関係になったのを見計らって、私の中にいる「エミ」の話を切り出した。すると、エミ自身も話したいと言ってきた。私はエミが話をするため、一時的に脳内をエミで充足していく。恐る恐るエミは私の口で彼女の口調をもって話し始める。

「初めまして、エミです」

こうして、始まった作業療法士さんとエミのガールズトークは時間が許す限り、続けられた。話に花が咲きかけた頃、ふいに作業療法士さんが涙を見せた。

「エミさん。今まで、向日葵さんを支えてくれて本当にありがとうございます」

まさかの涙だった。考えてみれば昔からそうだった。エミは私の隣でずっと「大丈夫」と声をかけ続けてくれていたのだ。私が生き抜いてきた力はエミにあったのだ。そんな単純明快なことも私は気付かないままで、目の前で流れた作業療法士さんの涙で悟ったのだ。

エミとトオルがいてくれたから生きてこられたのだと。苦しい時期をエミとトオルがいたからどんな困難も乗り越えることが出来ているのだと。

今は家族の元を離れグループホームが主体の生活環境になり、デイケアも作業療法士さんも代わった主治医も世話人さんも少しずつ慣れてきた。文章を書くことも絶えず行なっている。上手い下手じゃない。自分がしたいことが出来ている。それに十分満足している。

「気に入っているんだ。今の生活を。今の環境を。今の私を」

これからも私の生き抜く力は色々な形でずっと存在して、見えないそれらに助けられながら過ごしていくのだろう。

「人生の呼吸法は魔法の深呼吸なのかもしれない」

Cat's・アイ

田口　千尋

今朝も満員電車の一部となる為、いつもの駅へいつもの時間、いつもの会社へと向かう、いつもの朝がやって来た。

東京の電車はとにかく人が多い。

憂鬱な気持ちで、重い足を引きずるように駅へと向かっていた私は、いつもは通りすぎるはずの駐車場で一匹の猫を見つけた。

「わぁ。かわいいネコ！」

思わず声を出してしまう程可愛らしいその猫は、朝のやわらかな陽射しを浴びてひなたぼっこをしていた。

私の地元・長崎県は海に囲まれているためか猫が多く、どこにいても野良猫を見かけた。

しかし東京では野良猫自体少ないように思う。たまに見かけることはあっても、敵に見つからないように息を潜めているみたいに静かで、やせ細ったり目つきが悪かったりして、「汚い猫ばかり」というのが、大都会・東京に暮らす猫に対するイメージだった。

けれど目の前にいるこの猫は、毛並みもよく真っ白で、まんまるとした大きい瞳で、ニャーと声をかけてきた。人懐っこいから飼い猫だろうか。首輪はしていなかった。

あまりの可愛さに、駅に急いでいることも忘れ写真を撮ろうとスマホを向けると、さっきまでニャーとすり寄ってくれた愛嬌はどこへやら。急に冷めた眼になり、無言でこちらを見つめていた。必死にインスタ映えする写真を撮ろうと、角度や虹彩を気にし奮闘する私に、「SNSって、アジよりも美味しいの?」とでも言いたそうな程、冷めた表情、細い眼だった。

その瞬間、私はなんだかドキッとした。

私はいったい、何を必死になっているんだろう。手の中に持っている、薄い機械の画面を見つめている私にはお構いなしに、猫はフンッと鼻を鳴らし背を向け、再びゴロンと横になってしまった。まるで、「カメラ目線なんて、簡単にくれてやるかよ」とでも言わんばかりだ。

「これでたくさん『いいね』がもらえるはず!」と一瞬でも期待した自分が、とても小さいものに思えた。

私がどんなに都会の喧騒やデジタル社会に疲れていても、この猫には一切関係がない。たとえここが新宿でも銀座でも秋葉原でも、猫たちはむにゃむにゃとまどろんで、きっと魚の夢を見る。

ここは東京。春の駐車場では猫とタンポポとてんとう虫が、みんな一緒にひなたぼっこをしてる街。猫たちは人間の目は気にも留めず「そこ」で自由に、気高く美しく生きていた。私が気づいていないだけだった。

東京の野良猫は汚いなんて、いつしか周りからの評価やステータスしか頭になかった証拠だ。ふと周りを見渡せば、周りの目なんて気にせずに「わたしはわたし」と思えるヒントが、たくさん落ちていたはずなのに。

都会、人付き合い、情報過多。人間が勝手に作っておいて勝手に疲れてるなんて世話ないね。

猫ちゃん、気づかせてくれてありがとう。

いつもの会社へと出勤中、都会の野良猫になんだかほっこり、大事なものを気づかせてもらった私は、いつもの駅に、いつもより一本遅い電車に乗ろうと、少しだけゆっくり会社に向かった。

それ以来、何度探してみてもその猫を見かけることはなかった。

父の背中

助野　公彦

　川端通りと呼ばれる黒江漆器の問屋が並んでいた通りを過ぎ、知る人ぞ知る造り酒屋の角を曲がると、昭和の町並みを残す狭い旧街道が国道への抜け道となっている。今は、空き地となっているが、洋服店の看板を目印に階段が山の方に繋がっている。三十段ほど登ったところに、山の斜面を削り取った狭い土地に数軒の家が軒を並べていた。間に石垣を挟んで下の段は長屋で、さらに数家族の営みがあった。その狭隘な空間には、私が小学生の頃十家族が暮らし、十数人の子どもたちの声が響いていた。

　二年前までは、母親が一人で住んでいたが今は介護施設へ世話になっている。母親を最後に、無人になってしまった数件の空間を、地元自治会長さんが音頭をとり、解体撤去しようという話が持ち上がった。長屋の持ち主は、すでに了解し、自治会長の声かけのもと四軒の代表者と解体業者が集まった。

「おそらく、一軒だけで頼まれてても、うちは引き受けられませんよ。車止められないし、重機も入れないので手作業になるし」

と、業者は語気を強めた。母が住まなくなって以来、私にとってもこの空家をどうするかが重い荷物だった。ようやく道が開けたような気がした。目の前には、崩れかけた家や雑物、雑草などが混じり合って廃墟のような光景があったが、実家に入ると骨組みは意外としっかりしている。

八月。じりじりと焼けるような暑さだが、窓を開け放つとどこか心地よい風が流れた。私は、週末ごとに解体前の片付けに通い始めた。私にとっては生まれ育った家だが、結婚して自分の家を持つ前の二年半、妻と子どもたちも一緒に暮らしていた。引っ越したのは平成になった年だが、いつでも来られるという気安さか、写真や書籍など結構多くのものを残していた。

押入れの奥から古い二級建築士の免許状と父が若い頃書いていたノートを見つけた。驚くほどきれいに整ったペン使いが、無骨で怖い存在だった父のイメージとはほど遠い。詳しくは聞いていないが、漆器の下地職人の貧しい家庭に育った六人兄弟の末っ子。中学卒業と同時に都会に働きに出た。勉強が好きだったらしく、働きながら定時制高校に通い「苦学」したことが口癖で、息子にだけは学問をという思いが強かった。終戦を機に地元に帰り大工になるため弟子入りしたという。その後何年もかけ大工として自立するとともに、結婚を契機にひと踏ん張りして二級建築士の資格を得たという話だけは聞いていた。

父は、腕のいい大工でとても厳格な人だった。私が小学校に入った頃、壊れかけた我が家を建て替えることになった。数メートル離れた六畳一間の長屋の一角だったところに寝起きし、仕事の合間を縫い二年近い日をかけほぼ父が一人で造作した。自分の書いた設計図と照らし合わせながら、「墨付け」という木材の加工について得意げに私に話しかけたことをかすかに覚えている。

私には怖い父だった。小柄でがっしりした体に、大工職人として鍛えた腕っ節が眼の奥に残っている。自分が叶えられなかった勉学への思いも強く、息子には文武を求めた。手を上げることも度々で、怒られないようにびくびくした毎日を過ごす小学生だった。父は自分のかなえられなかった夢を息子に期待した。たぶん私は、父の願いに沿うよう懸命だったのかもしれない。しかし、そんな私が思春期を迎え、次第に父の頑固さにいらだちを覚えるようになっていた。

昭和四十六年六月。昼前から集中豪雨と呼べるような雨になった。私は中学三年生、窓の外をぼうっとしながら眺めていると、急に教室の前の戸が開き校長先生が入ってきた。

「助野くん。ちょっと」

私は、何も悪いことはしていないと思いながら、胸騒ぎを覚えた。

「叔母さんから連絡が来て、お父さんが事故でけがをしたらしい。すぐにうちに帰って」

「叔母さん」

日頃あまり聞かない叔母からの連絡に、なおさら嫌な予感が頭の中を走った。

早速叔母の迎えで病院に駆け込むと、父は酸素吸入を受けながら別人のような顔をして、ベッドに横たわっていた。母は、横で狼狽えるばかりだった。しばらくして、主治医が私たち親子を呼んだ。

「頭蓋骨骨折、陥没です。うちの病院では、手の施しようがありません」

深夜、一言も発せず静かに父は息を引き取った。私は、握っている手がだんだん冷たくなることに気づいて、病室の外に出て泣いた。

「頑丈で、土台のしっかりした家。丁寧な職人の仕事」

が口癖だった父は、酒を飲んで機嫌のいい時は、自分が建ててきた家のことを自慢していた。請け負った仕事に対して頑固なまでにこだわった。その日も上棟したばかりの家を雨に晒したくなかったのだろうか。周りが止めるのを振り切って、棟梁だった父がシートをもって屋根に上ったという。シートをかけ終わった時、足を滑らせた。

「親方は、命までかけて……。止めたのですが」

と、一緒に仕事をしていた職人さんが話してくれた。どこまでも頑固でこだわりの職人だった。

その頃、私は進路のことで父と考えが違うようになっていた。そして朝、激しい口論になり初めて父に逆らった。

その日、父は逝った。

「身軽だった父が、足を滑らせるきっかけを作ったのか」

半世紀に近い歳月が流れたが、私には、ずっとそれがトラウマだった。私にも三人の息子がいるが、私もまた難しい父親だったと思う。思春期を迎えた息子たちとの接し方にとまどったのは、過去の自分との葛藤があったからかもしれない。妻にはずいぶん気苦労をかけたと思うが、おかげさまで時々成長した息子たちと気分良く酒を飲んでいる今がある。

そんなことを思いながら、片付けをしていた。

「おい」

ふっと振り返ると遺影の父がいた。今の私よりはるかに若いが、どこか見覚えのある働き盛りの顔をしていた。葬式の日からずっと見てきた写真だが、改めてよくみると口元がかすかに笑っている。

「そうか、お父ちゃんここに居たのか」

私は、思わずつぶやいた。

しばらく経って解体工事が始まった。

「この家の骨組みが頑丈で、作業が大変ですわ」

と業者が話してくれた。まさに、頑固な職人の父がそこに居た。

大正十五年この家で生まれ、昭和を暮らし、若くしてこの家で亡くなった。そして私もまた昭和に生まれ、この家で育った。平成になった年、私は自分の家を得て家族とともに実家を後にした。三十年の月日が流れ、父にとっては見たこともない我が家に遺影を連れて帰った。

令和を迎えた翌日、私は、空き地になった実家に立った。そして、帰り道造り酒屋の「しぼりたて」を一本買った。

もういちどあなたの手を

緒賀　麻梨子

私は彼が好きだ。今でもずっと。

引っ込み思案、いじめられっ子で友達はいない。二十九歳の孤独な女。

十三歳年上でバツイチ子持ち。そんな彼に惚れて惚れぬいた。八年という年月を掛けて。

二十九歳の私は友達のいない孤独な女。自ら話しかけるのはもちろん、話しかけられても会話が弾んだことはない。化粧やアクセサリーに興味はなく、服は暗めを好んで着ていた。

　そんな私が彼に惚れた。きっかけはお酒。お酒を呑むと性格が変わる人はいると思う。私は、お酒で普段抑えている楽しみたいと思う感情が前に出るタイプだったようだ。

転職した会社の取引先の人が彼。訪ねてくると明るい挨拶や冗談で場を和ませていた。私はいつしか彼が来る日を楽しみにしていた。

あだ名で呼ばれていたので、名前すら知らない彼。そして彼にとって私は、数多ある取引先の地味な事務員、名前どころか顔すら知られていないと思っていた。

ところがある日の帰り道、車同士ですれ違うことがあった。社名の入った社用車に乗っていた彼のことはすぐに気付いた。私はマイカーだったので、気付かれないと思っていた。でも彼は、私に気付き数秒間という短い時間なのに、頭を軽く下げ挨拶してくれた。一瞬の出来事。驚きと嬉しさがあった。この日以降、私は今まで以上に彼を意識するようになった。

そして会社の忘年会で、酒宴を共にした。彼は人柄で周りの人を楽しませていた。呑んで食べる彼の言動を目で追う私がいた。

忘年会後、少しずつ帰路につく人達の中、私は彼に誘われて二次会に行った。ふたりだけだった。その日は日付が変わるまで呑んだ。

楽しくて、家に着いても余韻で眠れずにいた。「また会いたい」と心から願った。

その会社は、忘年会など年に二回程の飲み会があり、彼と同席した。一次会が終わるとふたりだけで二次会をした。恒例になっていた。

ある二次会後、店を出た彼がタクシーを呼ぶため携帯を出した。私はその手を制するように掴んだ。そして指を絡め恋人つなぎで手を握り歩き出した。

帰りたくなかったのだ。年に二度こうして楽しい日がある。でも今別れると次の機会は半年後だと覚悟していた。待てなかった。この時、私は完全に彼に惚れていた。

私は地味な女。友達もいないひとりぼっち。

酔っていたんだと思う。でもお酒に勇気を貰って彼の手を握った。

彼は繋いだ手を見て「エッチな握り方だ」と言ったけど、解こうとはせず、繋いだ手を振り嬉しそうに歩く私の歩調に合わせてくれた。

話しながら笑いながら、私の家まで数十分を、ゆっくりゆっくり歩いてくれた。

家が近づき「疲れた」と私は座り込んだ。心中を察した彼は屈み込み、くるっと背を向け優しく言った。

「乗ってください。俺、明日仕事なんです」と。彼の大きくて温かい背中に身を委ねた。

年に二回しかなくても会える。会社にだって訪ねて来る。毎日ドキドキして楽しい。

そんな日はずっと続くと思っていた。


出会って七年目の三月。

これまでに私達は携帯番号の交換をして、ふたりで食事をする仲になっていた。

その日彼は社長を訪ねて会社に来た。終始俯き加減で足早に立ち去った。違和感があった。一週間後、社内で社長と来客の会話を耳にした。聞こえてきたのは、癌、入院、病気、検査、そして彼の名前。私はあの日の彼の行動をすべて理解した。

泣いた。泣くことしかできなかった。

孤独な身。ひとりで考えた。

彼に会いに行く？　どこにいる？　連絡する？　何て言う？　会いたい。ストレスにならない？　今どうしてるの？　元気なの？

たくさんの想いが溢れてきて、何も手に付かなくなった。

迷惑を承知で、彼にメールする決意をした。

「私にもどういうことか、教えてくれませんか？」と。返信は「ごめんね。なにかと気をつかわせたくなくて」だった。

素っ気ない文章かもしれない。でも私は彼の優しさを感じた。返信は無いかもしれないと覚悟していただけに、嬉しかった。

私は「心配くらいさせてくれてもいいじゃないですか？」と返した。病気の彼をこの先も好きでい続ける、私の決心の言葉だった。

あなたは病気のことも治療の経過も、こまめに連絡してくれましたね。入院したと聞けば病院まで一時間かけてお見舞いに行きました。退院後は買い物の運転手をお願いしてきましたね。喜んでしまいました。そして何度目かの運転手を経て彼女へ昇格しました。本当に嬉しかった。だって出会って七年ですから。道のりは長かったですよ。待った甲斐がありました。

ただ悔しいことがひとつ。分かりやすい愛の言葉を貰ってないことです。ＳＮＳのスタンプで「愛してる」って送ってくれたのに。聞いたら「間違えた」とあなたは言った。実は本気だったんでしょう？　違いますか？

私は、あなたから貰った言葉で印象的なのが二つあります。

一つは「お前といると居心地が良い」私も同じ気持ちだったから。会話は無くても傍にいるだけで、沈黙すら心地良かった。

そしてもう一つは「お前は俺といるといつも嬉しそうだ」好きな人が傍にいるんですよ。嬉しいに決まってるじゃないですか。

続けてあなたはこう言った。

「最期に一人の女を幸せに出来て良かった」

出会って八年。二年間恋人にしてもらって、たくさんの想い出をくれた彼は逝った。

私と彼の仲を知っていたのは、彼の友達数人だけ。彼の携帯に残っていた私との画像やSNSを見て、彼の友達が連絡をくれた。

それは亡くなった翌日だった。

「俺たちで彼を見送ってやろう」と言った。

「はい」と答えるのが精いっぱいだった。


「俺と連絡が取れなくなったら死んだと思ってくれ」と冗談のように言っていた彼。亡くなる半月前から連絡がとれなかった。覚悟という言葉がちらついた。入院している病院に出向いて病室に行った。

いるはずの病室に彼のプレートは無かった。受付で聞こうと思った。でも私は……。家族でもない。教えてくれるだろうか？　何て聞けば？　私はフロアを彷徨った。ふと見た個室のプレートに彼の名前があった。安堵した。同時に胸騒ぎもした。どうすることも出来なかった。個室を離れた。

その日から彼にメールを送り続けた。既読にはならなかった。そして彼は逝った。

後悔していた。彼に何か出来たのではないか？　私の存在がストレスだったのでは？　と。

葬儀の前、彼のお姉さんから電話を貰った。私と写っていた写真を見て「あなたと一緒にいる弟は嬉しそうだ」と、言ってくれた。

私はその言葉に救われた。

彼は「私を幸せに出来た」と言った。

同じように「彼を幸せに出来た」のなら、私の八年間は後悔なんてない、幸せな八年間。

「幸せにしてくれて、ありがとう」


彼の真意を聞くことはもう出来ない。

彼との最後の言葉「もう花見は済んだ？」「葉桜です。また来年行こうね」「そうだね」
約束は守ります。いつか、あの時みたいに手を繋いで桜並木を歩こうね。

野菜・果物に生涯をかけた

ほんま　ひろし

生涯、一つの仕事に関わっている人は多い。わたしもその一人で格別に軽重を言うつもりはないが、ただ年を取るにつれて、その関わりようが狭くかつ深まってきていることが判り、自分なりに得心し、今日に至っている。

それは野菜・果物と語り合うことだ。

かといって、相手は物いわぬ野菜・果物だ、声を大きくしての語り合いであれば異様に見えるし、或いはある種の病からの発作と思えるかもしれないが、そうまでは顕著ではない。まるで糟糠の老妻に語りかけるかのように静かな声か、呟きのような声か、声ならぬ声での語りかけで、その応答の耳をつける。

「そうか、そんな事情で味が落ちているのか」別の時には「ああ判った、それは大変だ。急いで防虫剤を散布してやるよ」「あと三日もすれば完熟するんだね、それまで待つよ」「冷やし過ぎると、桃も風邪をひくのか」「美味しいよ、ありがとう」「立派なものだ、まるで芸術品じゃないか、食べるのがもったいない」等々。

転じて庭の片隅のビワの木に寄り添い、ある時には垣根を隔てた畑のキャベツに、また別の時は冷蔵庫の桃に、台所のバナナに、食卓のサラダにと語りかけ、頷く。そして微笑む。

そこに至るには長い歳月を要した。学校を終えて初めて仕事に就いたのが青果市場で朝から晩までの終日を野菜・果物と一緒に過ごした。額に汗し、寒風に曝され、縮かんだ手を擦り合わせ、市場用語を交わし、怒鳴られ、褒められ、笑い、泣いて成長の土台を作った。十数年。次は野菜・果物と並んで店頭に立った。「美味しいのはどれ?」「このあいだ買ったイチジク、傷んでいたわよ」「それ、高いんじゃないの?」「明日こそ、安いのを仕入れてきてね」

その声声声に「傷むといけませんから、そっと持ち帰ってください」「荷物の下にしないでください。菜っ葉が重い重いって悲鳴を上げていますよ」「鮮度一番、朝どりですから光って見えるでしょう」。

こうした野菜・果物との話し合いをするようになったのが何時からかは定かではないが、

何時しか日常になっていた。

そしていま、現役を退いて自適の生活の中でこれまでの体験を総括すると、懐かしみと、想い出のまとめと、食べ三昧の日々を送っている。

その根底と背景にあるのは、取り扱った野菜・果物との親しい交流の数々であった。売った買った、重い軽い、美味しい不味い、芳しい臭い、良かった悪かった……それらを続け、重ねているうちに、愚痴になり、歯ぎしりをし、頷くときに自分なりの考えになり、有り無しの言葉から知識の資産になっていたのだ。

それに応じて野菜・果物も話してくれた。その真実を探ろうと、方々の先輩や知己、学者、産地の生産者、或いは参考書に教えを乞うことしばし……。

うむうむ、その域に達したか……経験で判るようになるさ……そう思えば思えるし……知ろうと思えば判るんだよ……偉い！　さすがはベテランだ……と判ったような判らない助言を得た。

そもそも、野菜・果物と語り合うということを思いついたのは……子らと一緒に開いた児童文学書の「ドリトル先生物語（ヒュー・ロフティング著）」からであった。幼い子らにドリトル先生と動物たちが繰りひろげる楽しい会話の数々を読み聞かせてやると、喝采した。

「パパもやってごらんよ。楽しいよ」

「出来ると面白いんだが……家にはジップもいないしダブダブもいない。もちろん子豚もチーチーも、ポリネシアも動物たちはいない。残念だが出来ないね」

「そうかー、家にあるのは野菜と果物だけだもんね」

「野菜はしゃべらない」「果物もしゃべらない。美味しいだけだものね」……。

やってみよう……　出来るかな？

「美味しいか、美味しくないか、聞いてみる」

と、一気に飛躍して、
なってみよう……ドリトル先生の、八百屋版に……。

不思議そうに見守る妻にかまわず、テーブルの上に置かれた果物に語りかけてみた。

「美味しそうだね、食べてもいいかい」

桃が答えた「残念だけど、どうかな？　とった後もう5日も経っているんだ、味も香りも落ちてるよ、本当はもっと美味しいはずなんだけど」ええっ？

隣に置かれていたグレープフルーツが口をはさむ「この傷はハリケーンで揺さぶられた時の擦り傷だ、痛かったよ」

苺も言う。「今が一番美味しい時期、10粒でOK。ビタミンCの女王！」

ワヤワヤガヤガヤ……。

それはそれは賑やかだ。

窓の外に目をやると庭木たちが風に揺られて歌っている。合わせるオーケストラは公園の樹らの演奏だ。

「素晴らしい！」

野菜・果物たちと自在に話し合う……現実が夢になりそれがまた現実に……まるでお伽の世界の主人公じゃないか、自分が……。

ファンタジーの世界ってこんなに楽しいものか……それをしてくれる野菜・果物よ、ありがとう！

それからの毎日、仕事から帰るとその日に野菜や果物と交わした数々の会話や、見て聞いて知った小さな物語を、書き留めた。

自分に隠されたそんな能力があるなんて……その能力をごく当たり前のように使っていた。

街に出てスーパーに入ると陳列棚の珍しい野菜と果物を手に取ると語りかける。そっと小声で。そうすると小声で返ってくる。外国での栽培の話、輸送中の船旅での話、もちろん国産野菜の自慢話や苦労話、モヤシ豆の誕生の話も聞いた。お客様の買い物籠から半分身を出してセロリーが高原の爽やかな風景を教えてくれた。

野菜も果物も結構おしゃべりだ。ぺちゃくちゃ、クチャクチャ……。

私が……野菜・果物と話し合いが出来ることを知っているのは、小首を傾げてそれを傍観している老妻だけだ。話の内容を信じてくれているのかな？　でもそれが当たっていると、にっこりするから信じているようだ。

でも、一世一代のこの異業の偉業を他に信じてくれる人は他にいないようだ。信じてほしいんだけど……。だからといって、無にすることは忍びえない。つれづれなるままに書き留めておいたこれらの話を「やさいくだもの徒然草」と題して書き留めておくことにした。


身も、姿かたちも別だけど、心はいっしょ。

これぞ、生涯を真実一路に生きた証だ。一つの仕事に関わり、奉げ尽くした愚直の証しの書き留めを、野菜・果物は認めてくれて、心づくしの感謝の賞をくれるといっている。ありがたく頂戴しよう。

やさいくだもの徒然大賞。

この奇想の賞を胸につるして、これからも野菜と果物と自分の生涯のために、頑張らなくちゃ！

OMAKE

石口　阿希

ぺったんこにくぼんだおなかのまんなかに、垂直に針を刺す医師。その傍らにいて思う。『生きるって、なんですか?』と。九十歳の老婆が硬いベッドの上でもがいている。胃カメラの飲み込みがスムーズにいかず、固く閉じられた眼尻からは白糸の涙が伝う。目下、胃瘻の増設中。直接胃に管を入れて、栄養を送る延命治療。そのための手術だ。

私も一〇年ほど前、中心静脈に管を入れられ点滴台と共に数か月間を過ごした。摂食障害との付き合いは、長い。三十六歳。臨床検査技師。こうして今微力でも社会に貢献できていることは、奇跡に近い。

小学校受験をさせられて、落ちた。合格発表の日掲示板の前で見上げた、ママの絶望した横顔を覚えている。ギュッとつないでいた手を不意に、緩めた。このときの出来事を、病気になってから突如思い出した。難病を患ったのは、母親のせい? ちがう。

もともと太っていた。広島県の田舎町。小学校でも、あだ名はデブ。なかなかの優等生で、気づけばリーダー的ポジションにいた。中高一貫の女子高で、学年トップを駆け抜けた。医者になるため、片道二時間の通学路に上乗せした途中下車の進学塾も、全く苦ではなかった。国立にこだわった医学科受験は、失敗に終わった。

東京の大学に進学し一人暮らしを始めると、ダイエットも始まった。バドミントン部に入り、勉学に勤しみ、沢山の国に海外留学もした。一見極めて健康的で充実した学生生活を送っているかに見えたが、止まった生理は戻らなかった。国家試験の受験勉強から大学院入学にかけて、拒食は過食へと移行した。やがて、かなりストイックだった食生活は破綻をきたし、付随して日常生活も崩壊していった。大学院を修了するころの症状は最悪だった。外面が良いので学会発表も就活も卒なくこなし、大手医療機器メーカーの臨床開発モニターとして採用された。『社会の害虫が、社会に出ようとしている』、このころ私は、本気でそう思っていた。

世の中そんなに甘くない。入社後数か月で父の転勤先だった豊橋に連れ戻された。そこからが大変だった。七年越しで不覚にも再開した両親との三人暮らし。私は、暴れた。毎日大量の食糧を買ってもらい、大量のお酒を飲んでは食べまくり、吐いた。食べるから吐くのか、吐くために食べているのかもはや途中から、分からなくなっていった。それが私の日常だった。獣のような娘の正体を知った両親の心中を想うと、胸が張り裂けそうになる。繰り返される夜ごとの惨劇はまさしく、地獄だった。死ぬしかないと思っていた。さもなくば一生親もとでひっそりとただ、息をするだけの余生なのだと。それでも私の両親は、ずっと、信じていてくれた。本当に、ずうっとだ。必ず元気になるのだと、ひたすらに信じ続けそばにいてくれた。愛し続けてくれた。今は痛いほど、わかる。あともう一人。不思議なことにそのころ私には彼がいた。救急車で運ばれても、入院しても、退院してまた入院しても、変わらず隣にいてくれた。旅先で飲みまくり、過食嘔吐する私を目の当たりにしても決して別れようとは言わなかった。「五十年先も阿希ちゃんが、僕の隣を歩いてくれていると信じている」とまで言ってくれた。こんな私に七年間も、彼の彼女でいさせてくれた。本当に、すごい人。

父が東京へ転勤になり、三人で上京した。お酒をやめたらゲッソリ痩せた。一五三㎝で二〇キロをきり、尿からケトン臭がしてきた時期は、さすがにヤバイと思った。這うようにして坂道をのぼる。それでも毎日決まった時刻に、夕飯のお買いものに出かけた。何を、目指していたんだろう?

母とショッピングや旅行を楽しめるようになってから、過食嘔吐がなくなった。相変わらずの拒食傾向は残っていたが、アロマスクールに通い、新しく友人ができるとそれもなくなった。クリニックでパートを始めた頃には体重へのこだわりも薄まっていた。今、正社員として三年目、遅ればせながら私は社会人デビューを果たしている。あ、そういえば彼とは五年前に、別れた。最後まで誠実だった。結婚するならこの人と思っていたし、計り知れないくらい感謝している。

刑務所ではなく病院で過ごした。死んでもおかしくないタイミングは何度もあった。よくぞ生きているなあと、本当自分でも感心する。

生かされているのだと、たまにハッとする。

こんなことを書き連ねようと思い立ったのは、今また症状が出ているからだ。毎晩の儀式が、止まらない。二年近く前、父は退職してマイホームのある広島へ帰った。私は東京に残り、二度目の一人暮らしを始めた。もう大丈夫だと、人生の再出発に希望を持っていた。しかし一年半ほど前、また始まった。

理想と現実の不一致が原因か？　というアイデアのもと一年前の春、相当迷った末医学部編入受験の予備校に入学した。働きながらの勉強は並大抵のことではなかったが私はとても、楽しかった。ここで仲間と勉強を続ければ、必ず医者になれる、そう確信していた。

一方症状は一向に治まる様子はなくむしろ、悪化した。ついにドクターストップがかかり、年明けに退学、予備校にも行けなくなってしまった。自分で決めたことすら達成できなかった私は、またしても自信を失った。そんな中今も当然のように病状は続いている。

最近は、あまりに毎晩なものだから開き直ってしまった。「親のお金じゃなくて自分のお金だし」とか、「ちゃんと出勤してお仕事しているし」とか。できているところを認めながら（またそれを言い訳にしながら）やっと、切れ端の毎日をつなぐ日々。正直、辛い。そして何より、虚しい。おそらく、とてつもなく大きなものに護られて、やっと救われたこのいのち。大切にしなきゃと思うのに、どうしてやったら、ええんかな。『生きるって、なんですか？』と、どこに問うても答えは無い。三十六年生きてきた。たぶんそれなりに、一生懸命に。

ここで終わりたくないと、思ったからこそ書いている。半生くらいの自分史を。いち精神病者の不満や主訴の吐露だとは、言ってほしくないこの、自分史を。出勤、帰宅の途中で毎日母に、電話する。だいっ嫌いで、何年にもわたりつらくあたった。「お母さん、大好き」と、言えるまで長かったなあ。「まだまだこれから楽しいことといっぱいあるんよ」としばしば、母が言う。楽しいこと？　かあ。

難しく考えなくて、いいのかもしれない。もしかして生きるってとても単純なことじゃないかな。朝起きて、食べておしっこしてうんちして。しゃべって笑って夜眠る。

一度死んだようなもの。
あとはおまけの人生だ。

先日医学部に見事合格したクラスメイトとラインした。「なんか私すごく格好悪い」とぼやいたら彼は言った。「少なくとも俺は、一緒に頑張った阿希ちゃんにものすごく感謝しているよ」と。嬉しかった。そうか、そういうことか！　私は医者にはならなかったけれど、彼が医者に成る過程に私が遣わされ、あの教室に居たのかと。私も導かれて今、此処に居る。病院という職場で私ならではのパフォーマンスを許され他者と日々、関わっている。未来へと、繋がってゆく。きっとそうやって十人十色の人生が、見事なパターンで彩られ、紡ぎ出されてゆく。

病者の私は病気を治すという、責務を全うしたいと思う。もらったおまけ、精一杯の恩返しをしよう。

『与えられている命です。きっと私にもなにかしら、この世に人の子として生まれ落ちた意味、なすべき使命があるのです』

そう自分に語りかけながら今日も、私は今を、生きている。

クルマに乗るといつも始まる年老いた母の追想

内藤　伸介

母がクルマの免許を八十四才で返納した。

病院に行くとき、スーパーに行くとき、この岡山の田舎で車は必須だが年には勝てない。

昨今のニュースで、高速道路の逆走やアクセルとブレーキの踏み間違いとお年寄りの自動車事故が度々問題となっている。

そして母もとうとう家のすぐ近くで電信柱に車の横を思いっきり擦ってしまったのを機に決断した。

運転ができなくなったその後は私が買い物、病院等々に連れて行くことが多くなった。

たまの気晴らしに岡山市内や近隣の観光地などにも連れ出すが、その道中の車の中で、母はいつも諸々の昔話を始める。

戦時中、私のおじいさん（つまり母のお父さん）は、強い近視の為、兵役をのがれ、国鉄に勤めて平穏に暮らしていたが、ある時、広島に転勤になった。おじいさんはひとまず家族を岡山に残し、先に一人広島に赴いたようだ。

そしてそこで原爆にやられた。

もし、一週間ずれていたら、残りの家族も広島に引っ越しを終え家族全員が原爆にあっていたはず。もしそうであったら、私は生まれてこなかったわけだ。

おばあさんは広島にあの原爆が落ちたその一週間後、待てど暮らせど帰ってこないおじいさんを捜しに周囲の反対を押し切って、焦土の広島に出かけたと聞いた。

野戦病院や市役所、おじいさんの職場の国鉄の宿舎などを尋ね歩き、やっと見つけたおじいさんを岡山に連れて帰る。

おじいさんは岡山の自宅に帰ってきた時、すぐに家に入ることはせず玄関先で着ているものをすべて脱ぎすて、おばあさんに新しい着物を持ってこさせて着替えをしたと母はかたる。

ボロボロの服は庭で焼き捨てた。

家に無事帰れたことを祝う儀式のように、しばらく、その火を眺めた後に家に入る。

お葬式の後に家に入るとき清めの塩をひとつまみ撒くが、家に家族にそして自分自身に不幸を引きずらないようにひとつの区切りとして行ったのだろうか。

勿論、服に付いた蚤シラミを家に入れないという配慮もあっただろう。とんでもない目に遭ったあと、やっとの思いでかえって来た我が家は如何ばかりであっただろうか。早く寛ぎたいと逸る気持ちをおさえつつ、怪我ややけどで重い体を引きずりながら、節目としてこの儀式を行ったのであろう。

しばらく経ってから、おじいさんのやけどのあとからは蛆がわくようになり、母はおじいさんの背中からその蛆を何度も箸でつまんでは庭に捨てたと言っていた。

長女である母がその役目をしていたそうだ。

やがて、広島から帰って、一年もしない間におじいさんは衰弱し亡くなっている。

以前、オバマ大統領が広島を訪れたニュースがあった後、いつものように母から車の中で聞かされた。

もうかなり前に、おじいさんの没後五十年の節目に母は叔父（母の弟）夫婦と広島を旅行したらしい。

（その時、私はまだ岡山には帰っておらず転勤先の宮崎にいた為、この旅行には同行していない）

母と叔父夫婦は広島の原爆ドームや原爆記念館を見て回ったそうだ。そして、その時に戦没者の中におじいさんの名前がはいっていないことに気が付いた。あの日、おじいさんはまだ広島に行ったばかりで、住民票等の手続きはまだできておらず、亡くなったのも岡山の自宅である。

叔父は母の願いを聞き、原爆死没者名簿におじいさんの名前を記載してもらえるよう動いたそうだ。ややこしく、難しかったにちがいない。当時の記録は何も残っていないのだから。

広島に原爆が落ちた当時、広島には約三十五万の人々がいた。

昔からの人々やおじいさんのように転勤できた人、軍事関係者、呉の潜水艦乗り、留学生やアメリカ軍捕虜もいた。原爆で亡くなった人の数については、現在も正確にはつかめていないそうだ。そして今も増えている。

終戦後、岡山に帰ってきてから亡くなったおじいさんは被爆者健康手帳も貰えず、葬儀代はおろか治療費等も一切いただいていない。原爆で亡くなったことさえ当初は認知されておらず、岡山で無念の死をひっそりと迎えていたわけだ。おばあさん、そしてまだ小学生だった母とその弟二人、妹を残して。やっぱり悔しいよね。岡山でひどい死に方をしているのに、原爆の戦没者として認められなかったのだから。その存在すら認識されてもいないのだから。

調べてみると、戦没者総数は2015年8月6日現在で29万7684人とネットにあった。この時、やっとおじいさんもその一人に入れていただいたこととなる。

こんなこともあった。

米子の足立美術館に娘と母の三人で出かけた時、郷土の備前焼を並べたところがその近くにあると言うことで、ついでに寄ってみた。たしか、加納美術館と言ったか。山の中、ぽつんとあった。

母は嬉々として備前から来たことを伝え、備前焼はどこに展示してあるのかと受付で尋ねる。すると今は特別展として戦時中の写真を展示しているとのこと、備前焼は常設ではなかった。

意気消沈し仕方なく、展示された様々な戦争の写真を眺めていた。

そこには当然のことながら広島の惨状を伝える写真が多数あった。

「可奈子！　可奈子のひいおじいちゃんは広島の原爆で亡くなったんやで！」

わたしが何気なく娘に伝えた言葉を聞きつけ、写真展主催のカメラマンが声を掛けてきた。

「広島から来られたんですか？」

私が答える。

「岡山からです。おじいさんは転勤先の広島で被爆して、おばあさんが捜し出して岡山につれてかえったんですけど、すぐ亡くなりました」

「そうですか」

ここに来て、まさかこの話になるとは思いもしなかったが、私にはそれが特にどうということでもなかった。

しかし、母は黙ったままであった。

いつもは人に話し掛けられるとすぐに気さくに話を始める母であったが、この時は少し違った。おじいさんのことは母の中では、決して他人に積極的に話して良い話題ではなかったようである。もう半世紀以上昔のことであるにもかかわらず。母の中のおとうさんは未だ色あせていなかったのだ。

その後、広島のコーナーから歩を進めると、出雲大社の参道の松の木に大きなひっかき傷が何本も残っている写真のコーナーに移った。

戦争末期、物資の少なくなった日本は松の木から松脂を採取して飛行機の燃料にしようとしていたとこれらの写真を指し示しながら先のカメラマンの方が説明をしてくれた。

母も小学生の頃に神社の松の木に空き缶を掛け、大人の人に言われるがまま松脂を集めていたと、ここでやっと昔の話を始めた。

学校の登下校の際に、少し遠回りをして松の木の世話をしていたと。飛行機で使うなどの説明は特にないまま、言われるがまま、当時は当然のごとく実施していたと。

この油は正式には松根油というらしい。結局、戦闘機に使用されることはなく終戦を迎えた。山陰では、日御碕、美保関等でもこの時キズ付いた松があるとのことである。

出雲大社も含めこの三か所共にかつて訪れたことのある場所ではあるが、その時は少しもそのことを知らなかった。もうこの戦争の傷跡も今は松枯れ等で少なくなってきているらしい。次回、山陰を訪れた際は是非にも現物を尋ねてみることとしたい。

この日は思いもかけず、悲惨な過去に思いを馳せる家族の貴重な一日となったが、私にはそれにも増して、母のあの一時の沈黙がひどく心に残った。

次はどんな話が聞けるかな。

あ、レズじゃないです

流星《りゅうせい》 やなぎ

「あ、レズじゃないです」

これは私が人生で一番最初に『同性を好きになるということはおかしいことなんだ』というのを肌で感じた言葉であった。

当時の親友の発言である。小学五年生、季節はもう覚えていない。

子供の頃の私は内気な性格で、友人と呼べる存在は多くなかった。それでも小学一年生で同じクラスになったことをきっかけに、小学六年生までずっと同じクラスで過ごすことになった親友が一人いた。名前はMちゃんとしておこう。

そう大層なエピソードではない。そのときなにか、クラスの中でとても嬉しい出来事が起こった。私は喜び合うクラスメイトの中、Mちゃんとハグをして同じように喜んでいたのである。

そのとき、Mちゃんが言った。それはほかのクラスメイトに向けての発言。

「あ、レズじゃないです」

笑いながら、ちょっとふざけた調子の何気ない口調だった。だが私はショック……というほどではないが、一種の衝撃を受けた。

単純に友人と触れ合い喜び合っただけだというのに、なにか、釈明しなければいけないようなことだったのか。

当時、既に『レズ』という言葉の意味は知っていた。女性同性愛者を示す言葉だ。

しかし私が小学生だった頃。１９９０年代の世の中では完全に差別用語であった。『ホモ』と並んで異端の者を表す言葉であり、『ホモ』や『レズ』の人間はおかしな人間で、蔑まれて、嗤われるような存在である。そういう風潮だった時代だ。

本当なら「自分はそんなおかしな人間じゃない」と憤慨するような場面だったのかもしれない。

しかし私が感じたのは「どうして釈明するんだろう」という疑問だった。すぐに「『レズ』だと思われたら困るから言っておいたんだ」とわかったけれど、ではどうして『レズ』である、つまり同性を好きになることはおかしなことなのだろう。そこまではわからなかった。

おそらく当時の私は、理屈として『おかしなことだとされている』と理解していても、自身の思考としてはそう思っていなかったのだろう。それを真正面から否定されたので衝撃であったのであり。

つまり、当時の私は本能的に感じていたのかもしれない。

自分がその『レズ』であるということを。

Mちゃんが否定した、まさにその存在であったことを。

Mちゃんは自分で言ったとおり『レズじゃない』人間であった。

小学校の卒業と同時にMちゃんは私達の住んでいた静岡から親御さんの転勤で関西へ行ってしまった。親友を物理的な距離というもので失い、友達が少なかった私はほぼ独りぼっち状態で中学校へ放り込まれた。そして内気で不器用な性質からクラスでうまくやっていくことができずに孤立してしまったのだけど……それはここでは蛇足になるので省こう。

中学、そして高校へ。Mちゃんとは手紙のやりとりをしていたのだけど、それもよくあるようにだんだん少なくなっていった。そのうち、年賀状程度になった。

そして大学卒業直後、結婚しました、という葉書が届いた。

私はその葉書を見て思い知った。

Mちゃんはごくごく普通の人間で、普通の女性だったのだということをだ。

小学校卒業以来結局再会することもなかったMちゃんがどういう恋愛をし、結婚に至ったのかは知る由もない。けれどその相手は男性であり、世間一般的に普通であり、祝福されるものであったことなど一目瞭然であった。

特にショックでもなかった。Mちゃんが『本当はレズなのにそれを誤魔化すために「レズじゃないです」と言った』などとは思っていなかったので。

しかしそれを結婚という事実で目の前に差し出されては、なんだか理不尽な思いを感じてしまった。

『レズじゃない』人間という安全な立場から、茶化すような言葉で「レズじゃない」という発言が出てきたことに。

『レズである』私を目の前にして、である。

それ以来、正しくは高校生頃からであるが、私はいくつも恋をした。そのすべてが女性を相手にしたものであった。しかしレズ……というのは今でも蔑称であるので、女性同性愛者が自分たちのことをそう呼んでほしいと望んでいる『ビアン』という名称に直そうか。ビアンにとって恋人を作るというのはとても、とても難しい。異性愛者であっても、二十代、三十代になっても一度も交際経験がない人間は増え続けている現代。その中で同性の恋人を作るというのがどんなに難しいかというのは、想像に難くないと思う。

私も現状、その難しさの中でもがいている状態だ。三十を越しても恋人ができないほどに難しくはあるけれど……しかし同性愛者、ビアンやゲイを取り巻く環境は大きく変わった。

過度に蔑まれることはなくなった。

テレビや小説、漫画などでネタにされることも、ぐんと減った。

今では蔑んだりネタにするほうが「非常識だ」「差別だ」という風潮にすらなっている。

世間の風潮だけではない。

昔は同性同士では結婚などできなくて当たり前だった。養子縁組という方法を使って戸籍を共にする方法があったけれど、それはやはり法の隙間をくぐって押し通しているだけの、無理がある方法で。

そんな、公的な関係を構築する法や制度も随分変わった。

海外の同性婚制度を使い、きちんと『対等な存在のパートナー』として籍を入れる方法ができた。

そして今では日本であっても、同性パートナーシップ制度を取り入れる地域すら出てきた。

私にとっての身近な例では、行きつけのビアンバーの店主さんが海外ででではあるが、ついに恋人の方と入籍されたのだという。店主さんのブログ越しにそれを見て、私は心底嬉しくなった。

このような世になってきているのである。

だからいつか私自身がパートナーを得ることができたときにはきっと、祝福してもらえるだろうし、「おかしい」なんてことは言われやしない。


それでも、「あ、レズじゃないです」。

その一言は私の心の中にずっと残っている。

時代ゆえのものだったのかもしれない。

子供ならではの無邪気な発言でもあった。

大体、私に向けて発された言葉ではないのだ。

ゆえに、傷ついたということもなければ、今では当時の世情を表す簡潔な言葉だった、と感心すら覚えるほどだ。

ただ、この言葉をふと思い出す日が確かにある。

いくら世の中が変わろうとも。

世間がそれを赦すようになろうとも。

私はやはりどこからか、それはきっと、表から見える場所ではないところから。

見えない『誰か』からは否定されるような存在であることに変わりはないのだと、Mちゃんのその言葉は伝えてくるのである。

まあるい空。

水谷　マサヒロ

僕の中にある黒く小さな染みのような記憶。それは最初、心の縁に落ちた雫のようなものだった。染みは次第に僕を塗り潰すようにして広がっていった。

その始まりは、ある日何気なく手にした古いアルバムの間から滑り落ちた、一枚の写真だった。そこには小学生の頃の自分の姿が写されていた。両脇には二人の幼馴染みの顔もあった。その並んだ三人の間からもう一人、よく陽に焼けた少年が頭を掻くような仕草をしながら、満面の笑みを浮かべて顔を出していた。見覚えのある顔だったが、すぐに名前が出てこなかった。

その少年の仇名を思い出したのは、それからしばらく経ってのことだった。ある日、見るともなくぼんやり眺めていたテレビの画面に、生まれ育った村の神社の風景が映し出された。そこから珍しい恐竜の骨の化石が見つかったというニュースだった。境内にある古井戸が発見場所として紹介されたその時、僕の中に突如として、あの写真に写し取られていた幼い日の記憶が蘇ってきた。

写真の中にいた少年の仇名は、タンタだった。隣村に住む一学年下の大柄な少年で、その日は何かの用事で両親と神社を訪れていて、自分達と一緒に缶蹴りをやろうということになった。タンタは聡明ですばしこく、仲間内のリーダー格であった自分には、やや疎ましく感じられる一面もあった。件の写真はたしか缶蹴りが始まる前に、宮司によって撮られたものだった。

最初に自分が勢いよく足を振り抜き、缶蹴りは始まった。境内を横切りタンタとともに草むらに駆け込んだ。息を凝らし見つめる先に鬼の姿が近づいてくると、タンタは後方にある井戸の中に逃げ込もうと言った。僕は逡巡した。怖かったのだ。子供の頃の大将争いにおいて、それは明らかに敗北であった。その次の瞬間、ズルズルという音とともにタンタの「落ちた〜」という叫び声が、井戸の中に響き渡った。僕は慌てて井戸を覗き込んだ。井戸はそれほど深くなく、水も浅かったが、中は仄暗く、回りの石は苔に覆われ、懸命に地上を目指そうとするタンタの足を滑らせ、井戸の中に閉じ込めた。鬼の気配を間近に感じた僕はタンタのことを心配しつつも、彼の運動能力を持ってすれば何とか這い上がって来るだろうと、そのまま別の場所へと移動して藪に身を隠した。間もなくすると激しい夕立が降り始め、皆三々五々別れも告げずに家路へと着いた。濡れた服を脱ぎ捨て風呂場に駆け込み、薪の燃える匂いの中で激しい雨音に耳を傾けながら、僕は井戸の中のタンタのことを短く思った。それがタンタに関する最後の記憶となった。

その時から四十年近くが経ったあの日、古惚けた写真の中にタンタの姿を見つけ、そこから掘り起こされる記憶の断片は、やがて不穏な想いを形成していくことになる。缶蹴りをした数日後、神社にパトカーが回転灯を点滅させて止まっているのを見かけた。当時は何とも思わなかったが、あれは現場検証ではなかったのか。その後にタンタと会った記憶は一切ない。幼馴染みの二人に至っては、もはやその存在すら覚えていなかった。僕は念のために国会図書館へと出向き、当時の新聞記事を確認してみたりもした。幸いなことに、井戸で死亡した少年に関する記事はどこにも見当たらなかった。すでに自分の両親も他界しており、それ以上当時の事実を調べる術はすぐにはなかった。

そんなある日、遠縁の親戚の法事で、僕は生まれ育った町の山寺へと出向くことになった。その日、法事が終わるとすぐに、馴染みの薄い親戚縁者から早々に逃れようと、僕はタクシーを呼んでもらった。車は五分程で迎えに現れた。最後の挨拶を済ませる僕のことを、白髪混じりの運転手は穏やかな笑みを浮かべながら、車の前で待っていてくれた。荷物を手際よくトランクに積み込むと

「ご利用ありがとうございます」と、夏の陽射しの下で、彼は長身を折り曲げるようにして深々と頭を垂れた。

　駅へ向かう道すがらも終始丁寧な応対であった。運転席の脇には「高田貴男」というネームプレートが掲げられていた。無人駅の小さなロータリーの一角でタクシーは停車した。荷物を手渡しながら運転手はこちらに顔を向けると、

「故郷はお久しぶりですか?」と僕に訊ねた。

「ここが僕の故郷だと、よくわかりましたね……」腹の奥底に一抹の不安を抱えながら訊いてみた。

「タンタです。覚えていますか?」と、彼は応えた。

「一緒に神社で缶蹴りをして遊んだ、タンタです。あの日のことは、今でもはっきりと覚えていますよ」僕の視線を横顔に受け止めながら彼は、「井戸に落っこちた私が、暗い井戸の底から空を見上げていると、あなたがひょっこっとそこに顔を出して、誰か助けを呼びに行ってくれたんです。私はどうにか自力で這い上がることが出来て、あなたの姿を探しました。でも急に凄い雨が降り始めて、そのまま家に帰ってしまったんです」と言葉を続けた。僕が黙っていると、

「今でも時々、あの日の、まあるい空のことを、思い出すんです」彼はそう言った。

「まあるい空……ですか?」呟くように、僕は言った。

「そうです。あなたがいなくなった後に、井戸の底から見上げていた、青くて、まあるい空です」タンタはそう言って、短く微笑んだ。そして遠く立ち昇る巨大な入道雲に目を細

めながら、癖のある仕草で頭を掻いてみせた。

同じ入道雲に、僕も目を馳せてみる。夏の匂いを孕んだ風が微かに吹き寄せてきたその時、タンタが井戸の底から見上げていた青くて、まあるい空がほんの一瞬、自分にも見えたような、そんな気がした。

母の冒険

大原　紅子

秋の日射しが暖かい朝だった。

東福寺はどうでしょう、とドライバーが言う。母も私も観光はどこでもかまわないので、はい、と頷いた。

八十七歳になる母は頻繁に旅行をしたがる。とくに京都は春秋かならず行きたがった。のぞみで駅に着いてからは、観光タクシーのドライバー任せになる。母が歩くのを面倒がるので、そうした方が私も楽なのだ。昨日は高尾から天龍寺へ回ってもらい、少しだけ色づいた山々の風情を楽しんだ。

「東福寺ってあの見事な通天橋のあるお寺よ」

「久しぶりね」

そんな会話を交わすうちに車は止まった。

「今日は、三門に登れますよ」

ドライバーがドアを支えながら言った。

普通は山門というでしょう、ここは三門、数字の三なのですよ、と説明してくれる。

山門は寺院の正門を表すが、三門は三解脱門《さんげだつもん》の略で、迷いから解放されるための空門《くうもん》、無相門《むそうもん》、無作門《むさもん》を例えたものとのこと。国宝になっているそうで、年に何回か拝観できるらしい。

登ったことないわね、入ってみましょうか、と訊くと母は頷いた。

相当高いわよ、と私は見上げて心配したが、彼女は右脇の古い階段に両手でしがみついた。

十一月初めの連休明けから三日間の行程にしたので、ホテルも街中も空いていた。レストランは私たち二人しかいなかった。昨日は一席も空きがなかったのですよ、とウエイターに言われ、だからこそこの日を選んだのだ、と私は自分の勘が当たりいい気分だった。

午前十時にホテルへ迎えに来てもらったので、まだ観光客も殆どいなかった。混んでいたらこんなことはできないし、と私は後ろから付いて行く。

大変な階段だった。頑丈な木製で、二人が並べるくらいの巾はあるが、勾配がきつい。踊り場までは一直線、そこから右に折れて続いている。母はガマのように四つ這いになっていた。青いロングスカートが翻り、斜めにかけた黒いバッグが腰の上で揺れている。

「大丈夫？」

「ええ、何とかなりそうよ」

いつもは車から降りないことも多いのに、今日はどうしたのだろう、と私は不思議な気分だった。

ようやく上層の部屋に辿り着いた。外から見ると二階にあたる部分だろう。ここは広い仏間になっていた。予備知識もなかったし薄暗くてはっきりとは見えないのだが、中央に座すのは宝冠釈迦如来らしい。傍に説明書きがある。脇侍は月蓋（がっかい）長者と善財童子、その両脇にずらりと十六羅漢像が並んでいた。誰もいないので、私たちはひとつひとつの説明を丁寧に読みながら仏像を眺めていた。しかし何と読むのか、どんな仏様なのか、よく判らないのだ。天井や梁には極彩色の天女や花や鳳凰が舞っていた。極楽浄土が描かれているのだろう。

徐々に観光客が増えてきたので、そろそろ戻りましょうか、と母を促して部屋を出た。登ってきた階段を見下ろすと、垂直のように見えた。

「階段というより梯子段ね」

「逆向きになってしまった方がいいかもしれないわよ」

おもわず顔を見合わせた。

「いいわ、私、おしりで降りて行く」

母は床に腰を下ろし、そのかたちのまま足を延ばし、おしりを動かして一段ずつ降りる。

「私たちは動きが遅いので、どうぞお先に」

後ろに並んだ観光客たちに、声を掛けた。

「いえいえ、どうぞごゆっくり。私たちも来年はそうなるかもしれないのですから」

くちぐちにそう言ってくれるので、私は和やかな気持ちになった。

一段一段おしりで移動し、とうとう母は地上に降り立った。

「朝からすごいことをしちゃったわ」

「やればできるじゃないの」

いつもは街中を車窓から眺めるだけで満足していた母の、久々の快挙だった。

立派なご門だったから、ふっと登ってみたくなったのだろうか。

三年後、母は九十歳で亡くなった。

脳梗塞で倒れて意識不明のまま、二年間を病院で過ごした。

東福寺へ行った翌春、比叡山に上り、名残の桜を眺めたのが、母の最期の京都旅行になった。

母との旅は、国内も海外も毎回編集してＤＶＤに収めてある。三門に上ったときの写真が、ここ数年の中では一番生き生きしているな、とテレビの大画面で再生して思った。

あのときはたまたま体調も良かったのかもしれない。

しかし最晩年の十三年間をふたりで暮らし、何枚ものＤＶＤを作ることができたのは、しあわせだったと思う。

健康で、年に何回かの旅ができる体力があれば、それは平穏な老後といえるだろう。

私もそうありたいと願う。ただ、私には共に行ってくれる娘がいないので、自分で動けるうちに動き回ろうと、日々旅のプラン作りに余念がない。

小唄送り

西川　勝美

カラカラと小気味よい音を立てながら、牡丹柄の鮮やかな灯篭が、夕暮れ時の薄ぼんやりとした紫色の光の中で紅色に光っていた。

夏休みになると、私はいつも祖母の家に泊まった。祖母は路地の奥の小さな町屋には不釣り合いなほど大きく華やかな一対の灯篭を、毎年八月になると押し入れから出して、野菜で作った馬や牛といったお盆のおかざりといっしょに飾りつけた。それから、幼くして亡くなったという祖母の妹二人のために、大皿いっぱいのできたての生八つ橋餅を買ってきてそなえるのだった。

「一つ食べてもええの？」

八ツ橋餅が大好物な私は、大皿からつまもうとしては祖母に見つかって、しかられた。

「固くなったら、おいしくないやん」

叱られて憎まれ口をたたく私に、祖母は、

「八重ちゃんと清ちゃんが先なんよ。仏さんは八つ橋の匂いしか食べられへんから、新しいやつでないとあかんのよ。生きてる人は、その後、たんと本物を食べられるから」

といつも、お供えしてから丸一日待たされた。

若い頃はお座敷に出たという祖母は、六十を超えても、淡いサンゴ色の口紅がよく似合う、三味線も料理も上手な私の自慢の祖母だった。大阪の大空襲で家も親も亡くし、女学校を中退して、幼い妹二人といっしょに京都に奉公に出たという以外、私は祖母の詳しいことを何も知らなかった。

祖父と出会った時にはすでに、妹達は他界していたのだと、父は以前私に話してくれた。


「りーん　りーん」

おりんの澄んだ音を響かせ、和尚様がお念仏を唱えられた後、祖母はいつも長い時間お仏壇の前に座って、もごもごと聞き取れない小さな声で話していた。

年の離れた夫婦だった祖母は祖父の後妻であった。四人の子供を産み育てた。

「先妻さんの子が二人やから、先妻さんに負けんとこ思って」

「食べさせるだけでやっとやった」

祖母は照れくさそうに、

「それに、戦争から帰ってきたと思ったら、おじいちゃんはひどい怪我で働けなくなっていてね、先妻さんの再婚先のご主人も亡くなっていたものだから、そこの子供達にも仕送りをしたりして、あの頃はみんな苦労したんよ」と、祖母は私の顔を見ずに早口で言った。たくさんの八つ橋餅をそなえても、祖母が自分でそれを口にするところを見たことがなかった。

「おばあちゃん、八つ橋餅、嫌いなん？」

「若い頃、それればっかり食べすぎて、もうええのよ。飽きてしもうた」

一度だけ、祖母の古い友人がお盆に訪ねて来られた日、祖母が最初に奉公した店によく来ていたお客さんの話を聞いた。

若い教師で、いつも賞味期限ぎりぎりの固くなった生八つ橋餅を持って、祖母の幼い妹達といっしょに、休みの日には四人でよく公園で遊んでいたのだという。その友人は、祖母の妹もその若い先生も、栄養失調と結核でその後亡くなったとも教えてくれた。

祖母はその先生のために、見様見真似で覚えた小唄を、店から借りてきた三味線で歌ってあげたのだそうだ。歌に合わせて、ぐるぐると楽しそうに祖母の妹達が、公園で廻りながら踊っていたのを、その人はよく覚えていると言った。

お盆の紅い灯篭に灯をいれる度、私はいつもこの話を思い出す。

祖母の家の窓を開けると、夏の夕暮れの生暖かい風にのって、どこからか三味線の練習の音がいつも流れていた。

「紫のあやめの影も……」

祖母の好きだった「夏景色」だ。子供達のはしゃぐ声が聞こえたような気がした。

ルーツを辿る旅

田原　彰人

娘がこの世を去った。いや、正確には違うかな。だって彼女はこの世界を生きてすらいなかったのだから。

その二週間後、僕は鹿児島県志布志市に向かった。志布志は父方の祖父母の故郷で、娘の慰霊を兼ねて自分のルーツを辿る旅がしてみたかったのだ。今は亡き祖父母の面影と、娘の無念を抱いて、二〇一六年十二月、初めて鹿児島の地を踏んだ。

僕の住む街と違って、なんて山深いんだろう。それが第一印象。鹿児島空港から志布志に向かうバスの中で、大好きだった祖母の写真をリュックの隙間から出してあげた。

僕は「おばあちゃん子」だったと思う。僕は三人兄弟の長男で、あまり大きくない二階建ての一戸建てに、両親と祖父母と一緒に暮らしていた。一階が祖父母、二階が両親と僕ら兄弟の居住空間だ。祖父は僕が七歳の頃に亡くなったので、その後、一階は祖母だけの空間になった。祖母はあけすけな性格で、どちらかというと無口な両親とは対照的だったため、僕は両親よりも祖母とおしゃべりをすることのほうが多かった。当時、近所でパート勤めをしていた祖母が仕事を終えて帰ってくるのは十六時十分頃で、その時間が待ち遠しかったのを覚えている。家の前でサッカーをしていると路地の向こうに祖母の姿が見える。その時の安堵感。これから今日一日の出来事を共有できる期待感。そして僕が中学校に入学すると自分だけの部屋が欲しくなり、それまで男三人兄弟で使っていた二階の六畳半ほどの部屋を脱出し、一階の和室に自分の机を構えることにした。その和室には祖母の箪笥や押し入れがあったため、祖母の部屋に半ば居候するような形ではあったが。ともかく僕と祖母はそうやって二人で、長い間、家の一階を共有しあうことになったのだ。

バスは二時間ほどで終点に到着した。志布志だ。清々しいほどの快晴。冷たい十二月の空気に海と山の香りが満ちている。時間は午後一時で昼食も食べていなかったが、見慣れぬ街の食堂に入る勇気もなかったので、まっすぐ埋蔵文化財センターに向かった。僕の持っている昔の戸籍から、かつて祖父母が暮らしていたあたりを特定してもらおうと思ったのだ。しかし、住所表記が変わってしまったこともあって、その場で特定するのは困難とのこと。傷心して志布志にやってきていることを知られたくなかったので、両親にも秘密にしていたのだが、やむなく電話。そこで両親から大叔母に繋がり、大叔母から志布志にずっと住んでいるという遠い親戚の方に繋がった。

「おばあちゃんにそっくりだね」

その遠い親戚の方は僕を見るなりそう言うと、そのまま近くの更地に案内してくれた。そこは祖母の父親の実家があった場所で、祖母が生まれ育った地なのだという。祖母はここに生まれ、二十歳で近所に住んでいた祖父と結婚し、翌年には鹿児島を発っている。そして八十二歳で亡くなるまで新天地で生き抜いた。

僕が結婚して家を出ることになった前日の夜のことを思い出す。荷造りする僕の前で祖母は涙を浮かべて言った。

「ばあちゃんとお別れだ……。しょうがないねえ。いつかは出ていくんだから。いつかはばあちゃん死ぬから。もうすぐばあちゃん死ぬから……」

祖母は長年の抗がん剤治療ですっかりやせ細っていた。祖母が亡くなったのはその八ヶ月後だ。最後に会ったのは亡くなる一週間前で、祖母はだいぶ衰弱していた。それまで横になって寝ていた祖母は、僕と妻が部屋に入るとすぐに目を覚ました。そして何度も握手を求めてきた。力いっぱいの握手。まだこんなに力があるならしばらくは大丈夫だろうと思ったほどだ。しかし、自分の死期を悟っていたのだろうか、「次に家に来るときにはもういないかもねえ」と言った。家を出るときに横になったままの祖母と目が合ったのを覚えている。その目は何か言いたげな表情をしていた。

いつの間にか日が沈みかけていた。僕は志布志の遠い親戚の方に別れを告げ、タクシーで宿泊先のホテルへと向かった。雲ひとつない快晴だったため、もしかしたら部屋からは綺麗な夕日が見えるかもしれない。山道を越え十分ほどでホテルに到着した。部屋に入るとまず目に飛び込んできたのは、窓の向こうに映る志布志の海だ。

「おばあちゃん、一人で志布志まで来たよ」

祖母の写真を海が見える位置に置いて話しかけた。きっと祖母も喜んでいるはずだ。

志布志の海に沈んでいく鮮やかな夕日を見ながら「死」について考えた。沈みゆく夕日のように祖母も娘も消えてしまった。僕にもその日は必ずやってくる。死から逆算して考えたとき、僕にはまだ果たしていないたくさんの夢があることに気付いた。そうだ。あの時もそうだった。高校受験を控えた中学三年の夏。僕はどうしようもない恐怖に怯えていた。ささいなことで自分はもしかしたら大病にかかっているのではと怯え、何事にも消極的で勇気を出せない自分の将来に絶望した。僕はこのまま何でもないままただ苦しんで死ぬんじゃないか。しかし、その恐怖が僕を変えた。どうせ死ぬならやれるだけやってみよう。なりたい自分になれるよう自分にできることを全部やってみよう。そして高校入学とともに自分への挑戦を開始した。内気で苦しんでいた中学時代を挽回するかのように、部活動は四つ兼任し、生徒会長にも挑戦した。そして夢に描いた。僕が変わっていく未来の物語を。
夕日を眩いほどに反射して踊る大海を見ていると、そんなかつての夢の一つ一つが、音楽のように、絵画のように、詩のように、温もりを帯びてきて、真っ赤な陽の残照のごとく僕の血はいつまでも騒ぎ続けた。

翌日は朝八時半にホテルを出発し、前日に教えてもらったとおり、祖父母が新婚生活を送っていたという地に向かった。周辺を、それこそ怪しい人間のように散策し写真を撮った。この地で若き祖父と祖母は生活を始めた。きっとここで様々なドラマが生まれたことだろう。その六十五年後に、三十三歳の孫が一人でやってきた。

必然。祖母と祖父の出会いがなければ今の僕はない。もちろん、この世界に生まれてはきたかもしれないが、まったく別の姿をして、別の人生を歩んでいたことだろう。今の自分の全てに、祖父母をはじめ自分のルーツへの必然的な縁を感じざるをえない。このルーツで生まれてきた縁。ならば僕の娘はどうなのだろう。彼女は僕とどんな縁があって僕と繋がっているのだろう。思うに、それはすべて僕次第だ。僕自身のこれからの生き様が彼女の存在に意味を持たせることになる。その繋がりを必然に変えていくのはすべて僕次第なのだ。今、僕の進むべき道は明確だ。今の僕を形作るすべてに感謝して、僕だけの物語を描き続けよう。祖母が隣にいた中学三年の夏のように、僕はいつだって悩みや苦しみを夢に向かうための薪に変えて挑戦し続ける。それが僕の、僕だけのルーツだから。

闇に立つ馬

藤田　潤

昭和二十年七月も半ば、久留米師団司令部は相次ぐ敵機の本土空襲に備え本拠を近くの小学校へ移動させていた。我々軍医部も又二階の一教室を占居し、刻々入って来る不利な戦況に焦立ち、唯残された本土決戦の命に備えて待機する他は特に為す事もなく、一抹の虚脱感さえ感じられていた。そんな或日、愕然として耳を疑いたくなる様な情報が入った。八月六日、広島全市が一瞬にして灰燼に帰し、師団長以下全滅との報せだ。「デマだ」、「本当だ」、噂は何処からともなく拡がっていった。

八月九日朝、並べた机に藁フトンをのせた急造ベッドに当直の為軍装のまま眠っていた私は、ようやく起き出し、半切れの「ほまれ」をせわしげに吸い吸いしている時であった。田舎に疎開していた妻の所から電話が入って来た。今朝五時男児誕生。嗚呼！　此の非常の時此の世に生を享け、息づいたばかりの幼い生命は果して如何なる星を獲ようとするのか、言うに言えない感動が身体中に走るのを覚え乍ら、「今度の日曜、休暇をもらって一日会いに帰る」と簡単な返事しかできなかった。長崎がやられたとの情報が入って来たのはそれから数時間後である。広島と同じ爆弾だ。

「藤田軍医は、久留米陸軍病院の救護隊と共に現地に赴き情況を調査すべし」。私は妻へ帰れぬ旨の電話を入れると、軍用列車に乗り込んだ。「長崎！」其処は私がかつて親しい友人と共に勤務していた土地である。兵隊達の雑談も耳に入らず、私はおしよせる不安に身じろぎも出来ずに黙りこくっていた。ようやく薄闇が地上を這おうとする頃、汽車は長崎の手前、「道尾駅」を出て少しの原っぱの中に停まった。瞬間、恐るべき状景が眼前に繰り広げられたのである。灰色に煙る夕陽の中に渺茫と広がる瓦礫の焼野原。其の地の底から手を差し伸べ、にじり寄り匐《は》い寄って来る亡者の群。「助けてぇ！」、呻きは声をなさず、髪は焦げちぢれ、着物は灼き裂かれて赤黒く膨れ破れた皮膚にへばりつき、めくれた肌にしたたる漿液は泥にまみれ、真黒にむくんだ顔に眼だけはギョロギョロと、まるで此の世の地獄から這い出して来た様な形相の生物。全く人とも思われない様な凄まじい被爆者の群れが喘ぎ喘ぎ我々の方に躄《いざ》り寄って来る有様は息も氷るような思いであった。どかどかと降り立った救護班の一隊も、一瞬息をのみ、声の無い動揺が起きた様であった。

何処かに救護所を設けねばならない。助けを求める眼前の人々に直ぐ手をつける暇はない。ふり切る様に一隊は市の方に急いだ。

見渡す限り瓦礫と灰燼と焼け杭の荒野だ。崩れ落ちた石塊の間から、ぐにゃぐにゃと捻れ、灰色の虚空を掴むように延び曲がった鉄骨がかつての軍需工場の残骸であることを示していた。その前に細い真黒なドブ川が泡をふいて淀んでいた。何気なく川を覗いて私は再び慄然として目を蔽《おお》った。黒く膨れ上がった数知れぬ死体が行儀よく一列に並んでそのドブ川に浮いているではないか！　その一群の周りを赤錆びて歪んだ鉄の枠が取り囲んでいる。電車だ‼　恐るべき熱線は人もろともこの電車を黒焦げにし、強烈な爆風は軌道から数米も吹き飛ばしこの川に叩き込んだのである。

救護班も如何に手を下していいのか唯ぞろぞろと歩いていた。皆おし黙って歩いた。私は途中で一人隊を離れた。命令は「調査」だ。ざくざくと荒野の瓦礫を踏み分け踏み分け歩いていた私は、ふと数人の生きた人々に出くわした。この人達は汚れ破れた衣服をつけ目は血走っていたが、焼けてはいなかった。

と、その中の二人が叫んだ。

「先生！」、私の勤めていた造船所病院の看護婦ではないか。

「生きていたか！　皆さんは？」

「はい、本院は大丈夫です。分院の先生方は皆亡くなられました」

この廃墟の町から飽ノ浦の港を距《へだ》てて、ひん曲がったクレーンの下に本院がある。私も応召の時持病の為即日長崎へ帰される所を、「どうせ、また召集されるのならこのままおいて下さい」と、久留米に居残っていなかったら、この分院に来ていた筈であった。然し今は自分の運命に関する感傷や、分院で犠牲になった人達を悼む余裕は無かった。もっと大きな悲しみと恐れが私を虐げた。日本は負けたのだ。よりによって、信仰厚きこの町の人々に人類最大の邪剣がふり下ろされたのだ。神々の首は地に落ち焼き砕かれた。浦上天主堂の様は如実にそれを示していたではないか！

小高い丘の上にある長崎大学の校舎は、塔は倒れ屋根は落ち、石の壁は崩れ傾き、砂漠に取り残された小さな城塞の様に思われた。幾段かの石段を上ると、その傾いた壁の内には声もなく数十人の学生が固まりうずくまっていた。額から血を流し頭を抱えて地に臥す者、壁に寄り瞑目して首を垂れる者。汚れた制服は黒い無言の集団となり、時々その中から微かな呻きやすすり泣きが洩れていた。

私は地に伏している学生の一人に黙って近寄り腰をかがめた。と、彼はかっと眼を開き、空をつかむように振り動かした手で私の膝を掴むと、しぼる様に声を出した。

「何故に、何故に私達はこんな目に会わねばならぬのか。私達が何をしたというのか。何故だ！　何故だ！」

最後は絶叫に近かった。涙がボロボロこぼれていた。

私は何にも答えられなかった。

軽く彼の肩を撫でると、私は黙って再び死の町へ下りて行った。

石の梁が折れて横倒しになり壁が倒れかかった隙間に、私は救護班の集団を見付けた。私はこの班に加わった。

日は漸く蔭り夕闇が死の町を蔽い始めていた。何処からともなく悲惨な被爆者の群がぞろぞろと集って来た。私達は黙々と必死でこの人達の手当をした。亜鉛華軟膏をガーゼにのべ、或いは貼り、或いは繃帯をした。こんな「皮膚の手当」が何になったろう。だが、人々は黒くむくんだ顔に僅か乍ら安堵の色を浮べ、ごろごろと石屑の中にうずくまった。

既に陽は落ち荒野は暗黒に包まれ、所々に焼け残りの火がチョロチョロと揺れていた。擂鉢のような長崎の町はその底から中腹の丘にかけて完全に叩き潰されていた。灯火管制で光も無い。崩れた石柱にカンテラを下げての救護作業は夜を徹して続き、私達は夜半から交代で石の上に眠った。私は「調査」を終えて早く帰隊しなければならない。然し一体何の調査か、何の報告か！　私は目の前の傷ついた人達を見捨て得ぬ気持でそのまま救護作業に加わり、更に一晩を爆心地の石の上に臥した。三日目、やっと帰る決心をした時はすでに夜であった。私は皆に声もかけず、あちこちに燃え続ける火をたよりに死の荒野を一人歩いて行った。足元の黒い影に近づくと丸まった死体である事が何度もあった。

放心したように力なく歩く私の前に、突然黒い大きな物体が闇にすけて見えて来た。「馬だ！」、たてがみは焼け尻尾も焼け落ち、体は黒く膨れ上がり皮膚は大きく裂けめくれていた。目を閉じ身じろぎもせず、闇に立つ馬！　死の暗夜に唯一つぽつんと立ち続ける僅かな生命の火。この火も間もなく崩れ倒れる事であろう。不吉な日本の象徴の様なその姿を私は一生忘れることが出来ない。

その夜私は司令部へは帰らず疎開先の妻の所に途中下車した。翌朝久留米に帰った私は何の報告もしなかった。それから三日で終戦を迎えたのである。……

これが体験から二十一年後に書かれた父の随筆の一部である。私の知っている父は、毎日少量の酒で飲んだくれ、おかげで居宅に隣接の小さな医院にはいつも「本日休診」の札。最後まで家族から孤立し、一言も原爆の話、いや戦争の話すらしなかった。ただ、兄が初めて米軍衣料店からジーパンを買ってきた時に、「とんでもない……」と激怒した。

父と母の三十年

朝井　弘子

父が亡くなって十年が過ぎた。若い頃はバスケットボールで国体にも出たこともあるスポーツマンで、ゴルフはシングルプレーヤーであった。お酒が好きで、晩年、日本酒なら一合、ビールなら一缶までは医師から許されていたので、夕方の晩酌を楽しみにしていた。家の夕食の支度を済ませ、父の好物ができた時は少し持って、晩酌の時刻に実家に行き父の相手をしたのもいい思い出である。

父が六十二歳の冬のある朝、突然異変が起きた。母から、父の様子がおかしいと私に電話が入り、すぐに実家に向かった。私は実家から五分位のところに嫁いでいた。所謂スープの冷めない距離である。

手と足に痺れがきていた。掛かり付けの近所の医師もなく、父の同級生の友人に連絡すると、直ぐ自分が院長を務める病院に来るように言われ、タクシーで向かった。病名は脳梗塞。右半身麻痺が残った。リハビリのお陰で何とか杖を持って歩けるようになったが、外出することを嫌い、その後門から外に出ることは殆ど無かった。気分が良いと芝生に出て、片手でパターの練習をしたりしていた。連休やお盆休みには、孫たちとその芝生でバーベキューを楽しんだこともあった。

ワープロからパソコンに移行した時期で、利き手が使えない不自由な身体であったが、暫くは在宅で仕事もこなし、パソコンが使えるようになってからは株もやっていたように思う。何せ家から出ないから、母は三度三度の食事の支度は必須であった。長時間の外出になる時は、昼食の用意を並べて出かけていたように思う。

その母が、三度、泊りがけで留守したことがある。一度は、親友がバルセロナオリンピックの聖火ランナーに選ばれた時。あとの二回は入院した時である。オリンピックの話が来たときは、

「行って来いよ」

と二つ返事で気持ちよく送り出してくれたが、帰ってみたら、散々愚痴を言われたと母がこぼしていた。母の留守中は、横浜から父の妹が泊りに来てくれ、私も毎日応援には行ったが、母を頼りに生きている父には、不便であったことは否めない。

母の二回の入院は角膜手術の為の入院だった。四十代後半から、左眼の視力が低下して

きた。見ると、眼球の瞳のところに脂肪の塊のような物が張り出していて、視界を遮っているような状態だった。知り合いの伝《つて》を頼り、今ならゴッドハンドと言われるだろう先生に巡り合えて、その白い塊を除去して頂いた。しかし、残念ながら視力の回復には至らなかった。左眼は眩しくてサングラスを手放せず、文字を読むと肩が凝り、階段を踏み外しそうになり、不自由な生活が続いた。

忘れもしない九・一一の前日に電話が掛かり入院した。臓器移植なので、どなたか提供してくださる方が現れないとその日はやってこない。待機している方も多く、順番待ちで、近づいてくると外出は控えて待っていた記憶がある。テレビではあの悲惨な映像が流れる中、病院に行き、翌日手術を受けた。少し視力が回復した。しかし、両目のバランスの悪さは否めなく、まだ不自由な日は続いた。それから五年後に二回目の移植を受けた。眼帯を外し、病室へ帰るエレベーターの中で

「数字が読める」

と小声で叫んだ母の姿は今でもはっきり記憶の中にある。どれだけ嬉しかったことだろう。それから、それまでの分を取り戻すかの如く、本を貪るように読んでいたのを思い出す。

角膜を提供して下さった方には感謝しかない。母は一回目の手術の後、良い方の角膜の提供をアイバンクに登録した。これは、何分本人が亡くなった後の事なので、家族の協力

が不可欠である。父も賛同して登録した。私もと思ったが、夫が嫌がったので登録はしていない。

父が亡くなった日、親類に知らせるよりも先にアイバンクに電話した。夕方、コーディネーターの方と若い眼科医が来られ、荘厳な雰囲気の中で処置が行われたことを覚えている。紛れもなく父の角膜はお二人の眼の中で生き続けている。

二十年間、父は不自由な身体と付き合った。元気であれば、母と旅行に行ったり、好きなゴルフをしたり、いろいろ楽しいことができただろうにと思うと可哀想でならない。本人が一番悔しかっただろう。

父が亡くなってから、母はその家で暮らしている。身の振り方を兄が聞いた時、

「ここにいたい」

と言ったからだ。十年が過ぎ、仲の良かった隣人も次々いらっしゃらなくなり、心細いことこの上ない。しかし父の好んだ芝生の手入れを生きがいに、元気で暮らしている。私は、今度は母の様子を見に、実家に通う日々である。

明日から令和。科学の進歩は目覚ましく、臓器移植はＩＰＳ細胞がとってかわり、手術もＡＩがこなす時代が来るのかもしれない。しかし、思いやりの心が育まれ、皆が穏やか

に生活できる時代であることを切に願う。

帰省

川中　夜子

「生きてる？」

たまにかかってくる母親からの電話の第一声はだいたいコレ。母親似の素直でない娘は母親の気持ちは分かります。本当は「寂しいからたまには帰ってきて」と言いたいことを。

久しぶりに実家に帰りました。最寄り駅のバス停は大きな木の下にあります。見上げて木にとまっている小鳥達を眺めた時、ふと思いました。「実家に帰ってきた」と。

実家は小鳥の多い地域で、夜になると一本の木に50羽以上の（数えたことはありませんが）鳥達がひしめき合って寝ています。寝る時に羽毛を膨らませて丸くなって寝る姿がボテッとしていてとてもかわいいので、フンが落ちてこないかと心配するのと小鳥の丸い姿を眺めたいので、いつも木を見上げてバスを待っていました。実家を出てからは鳥のフンを心配することも、小鳥の丸くなっている姿も見なくなっていることに気付きました。フンを心配しなくていいのに何となくちょっと寂しくなります。


「ちゃんと食ってるか。おい」

会うたびに私の食生活を心配する父親。

そんな父親が夕飯を作ってくれました。定年を過ぎてから料理をするようになったので、私は父親が料理をする姿を知りません。ただ、もともと凝り性の父親は手抜きなんてもってのほか、材料から手順から「ちゃんと」作り、その美味しさに驚きました。

「下手なお店行くより美味しいわよー」

電話越しに言っていた母親の言葉は大げさではなかったです。


「もう老いぼれだからこんな派手なの着られないてー。若いモンがきるもんらよー」

祖母は私が会いに行くたびに、着物や人からもらった洋服を私にくれようとします。

祖母に似合うと思ってプレゼントされた洋服はいくらなんでも私には年寄りすぎるし、昔は上等なものだったであろうものも保存状態が悪い着物達。でも、腰を曲げながら一生懸命に押入れから引っ張ってくる祖母の姿を見ると何も言えません。

今回はそんな祖母にプレゼントを用意していきました。あったかくて軽い上着です。
「いらないよー。こんなの着てたら長生きしちゃうわー長生きなんてしてらんないよ」
そんな言葉とは裏腹に嬉しそうな祖母。上着を着て写真まで撮りました。この上着を着て長生きしてもらいたいものです。

実家に帰るといつの間にか気持ちが「娘」に戻ります。実家に帰るたびに家族みんながちょっとずつ歳をとって、ちょっとずつ小さくなっていくのを感じるのは切ないですが、実家ではいつまでも「娘」でいたいものです。

実家から戻って1週間後、宅急便が届きました。
食生活を心配していた父親からちょっと早めの誕生日プレゼント。なるほど体重計です。体脂肪や筋肉量が測れる高性能。父親らしいこだわりのプレゼントでした。祖母からはお手製の梅酒。「黄桜」の緑の瓶に入ったちょっとすっぱい梅酒です。

お礼の電話をかけて最初に出てきた母親は
「何がいいか聞いてないし分かんなかったから私は送んなかったわよ」

と、言っていましたがいろいろ考えて探し回ってくれていたことを父親から聞いて知っていました。

「いいよいいよ。じゃ、代わりに今度美味しいもの食べに連れてって」

「えー、こっちも忙しいのよ」

やっぱり素直じゃありませんでした。でも、知っています。電話越しに嬉しそうな顔をしていることを。

あなた似の娘ですからそんなことは分かります。

女性にバンザイ！

古橋　育恵

まもなく五十歳となる母親は、小さな頃から、ある言葉に悩まされてきた。

「あなたの兄弟に、男の子はいるの」

と問いかけられ、母は
「いいえ、いません。姉妹です。女の子二人だけです」

と、答える。

「あー、そうか……（残念だね）」

母は思った。またか……。何度こんなやりとりをしただろうか。数え切れない。母は言う、この短い言葉のやりとりの中に、何か心にひっかかり、ざわざわとするものを感じる。なぜ、女性であることは残念なことなのだろうかと、母は心の中でつぶやくしかなかった。

私の家は、曾祖父の頃より建築内装業で家業を営んでいる。平成の時代になって、「ドボジョ（土木女子とは、建設工事、土木関係の仕事に携わる女性のこと）」という言葉も知られ、建築業にも多くの女性が進出したが、昭和の時代には、まだまだ男性社会であった。

母は二十五歳の時に看護師を辞めて、建築業にとびこんだ。建築資材は重く、一人で運搬出来ない。男性が一度に運べるところを、母は何度も何度も分割して運んでいた。そんな母に、

「一度で運ぶことが出来ることを、何度も繰り返し、作業しなければならないことが辛くないのか」

と聞いてみた。母は、

「辛くない」

と答えた。なぜかと問うと、一度に終わらせるよりも、私の性に合っていると答えた。繰り返すことは、母は大切だと言った。一度目に運び、気づかなかった商品の質を、二度目に運ぶことで、気づくこともある。その気づきを、お客様に伝えることが出来ると言った。このように感じることが出来たのは、看護師の経験があったからだと言う。母は私がお腹にいながら、建築士の免許も取得した。出産後は授乳と勉強の日々で、私を抱きながら、よく居眠りをしてしまったそうだ。元号が「令和」となる今、誰一人と母に「男性だから」「女性だから」と言わなくなった。これも時代と共に、女性が社会進出をして勝ち取った地位向上であろうと思う。

高校生の私も、母に負けず、まっすぐには進めない。平成が終わろうとする四月に、一生懸命働いている母に謝った。

「ここまで学校に行かせてもらって、申し訳ない。なかなか結果が出せない」

と詫びた。

私は勉強をしても、長く努力することが苦手だ。

そんな自分が悔しくもあり、悲しかった。母は言った。

「人生、まっすぐに進める人は、誰一人としていない。みんな、いろいろな壁が立ちはだかる。その壁をひとつひとつ乗り越えていくうちに、自分の居場所が見つかるはずだよ」

そして、私は八年ぶりに、母に抱きしめてもらった。母と同じ背になった私は、母の背骨がこんなに出ていたなんて知らなかった。そして、私は思った。先人の苦労、功績に感謝しつつ、いつの日か先生、友達、そして家族に恩返しをしたい。

「ありがとう」

の言葉を添えて。そして、女性にバンザイ！

母の人生

飯川　雅弘

平成二十七年二月十日、午後三時、母は老人ホームの一室で、私の二才年上の姉と私に看取られながら静かに息を引き取った、満八十八才。五年間寝たきりで、要介護五の認定を受けていて会話ができなかった。

子どもの頃から、足が悪い父と母は何故結婚したんだろうという疑問を持っていた。母は少し老けてはいたが、若い頃の写真はそこそこ可愛かった。

母の葬儀は家族葬で行なった。最近は家族葬も多いようだ。

母のお通夜の席で、いとこ達がへんなことを言い始めた。母が再婚だということは知っていたが、その母に子どもが二人いて、いとこ達は子供の頃にその子達と遊んだことがあると言うのだ。そういえば母が寝たきりになった頃、保険の書類を見つけるため、母の箪笥の中を探していたら、和紙に大事に包まれた子どもの写真を見つけ不思議に思った。

母の死から二年ほど経った頃、父の土地に建てた二世帯住宅の相続の話が持ち上がった。実は父が亡くなった時に相続手続きをしていなかったので、土地を父から母へ、そして私に相続するという手順を踏むことになったのだ。司法書士の先生には母と前夫との間には子どもがいるらしいと言った。

「今回の場合、そのご兄弟の方が相続権を主張されたら、多分対抗できません。ある程度のことは覚悟しておいてください」

それから三ヶ月ほどたち、先生から電話があった。

「ご兄弟について大体の目処がつきましたので、ご説明いたします。事務所までおいでください」

事務所の先生の机の上には、かなりの謄本が積み上がっていた。目の前にある謄本は、楷書体ではなく、かなり達筆な草書体で書かれており、読み下すのは大変だっただろう。

「結論から言うと、お母様には、前のご主人との間に二人のお子さんがいらっしゃいます。上の方が女性で下の方が男性です。二人ともご健在で、それぞれお子様もいらっしゃいます。このお二人が相続を放棄されるといいんですが、全く事情がわからないものですから、申し訳ありませんが言いようがありません」

先生は続けた。

「こうした場合、まず会われた方がいいと思います。長いこと会ったことがなくても、血がつながっているのだから、会えばなんとかなります。ですが、最初から相手が会わないと言われる場合は難しいですね」

私は取り敢えず会ってみるという方を選択し、先生に手紙の案文を書いてもらった。私は字が苦手なので、手紙はワープロで書き、自筆で署名した。

書留速達で出すと思ったよりも返事が早く来た。会ってもいいとのことだった。上の姉が住む博多で会うことにし、駅近くの小さな会議室を借りた。

姉と私と嫁は宮崎からバスに乗り、博多駅で降り会議室へ向かった。

ドアがノックされ、姉兄が現れた。はじめましてと挨拶する前に、私と姉は顔を見合わせて笑った。二人とも母の長姉のこども、私のいとこ達にそっくりだった。

福岡の姉が先に口を開いた。

「私たちは小さな頃に母がいなくなって寂しい思いをして育った。あなたたちは幸せだと思わなければダメですよ」

言われる通りだった。熊本の兄が言った。

「どういう事情で二人が別れたのかは知らない。小さかったので母のことはほとんど覚えていないが、ひとつだけ覚えていることがある。母が自分を背中におんぶして線路の上を歩いている。母は自分の父親や母親の住む宮崎へ向かって歩いていた。とても寂しそうだった」

福岡の姉が言った。

「私たちは宮崎まで、義理のお兄さんがやっている陶器屋で働いているお母さんに会いに行ったことがある。その店に、私たちと同じ顔をした人たちがいてびっくりした」

母と母の長姉は誰が見てもそっくりだった。そしてその長姉の娘たちも同じ顔をしていた。大きなおでこと丸い顔、実は私の娘も同じタイプの顔をしている。

福岡の姉はいとこたちを見て、他人とは思えなかったそうだ。そしていとこたちと楽しく遊んだという。熊本の兄も同じことを言った。

ただこの話には私と姉のことは全く出てこない。時間的には二人とも生まれているんだが、母が二人に私たちを会わせなかったようだ。母としては複雑な思いだったのだろう。

結局相続については、すぐに放棄の判子を押してもらった。今更、些細な金をもらってもしょうがないというのが二人の思いのようだった。

母の謄本の話に戻る。

母の一家は山口から北九州の門司、そして熊本の益城町、その後宮崎に来て落ち着いたようだ。

その転々と移り住んだ間に、祖父と祖母は何と九人姉妹を世に出している。戦争中は女ばかりの九人姉妹で肩身が狭かったとおば達が集まるといつも言っていた。

母の葬儀の際に、九人姉妹が揃っている写真をいとこが持ってきてくれた。そこには九人姉妹の下二人、つまり母とその妹がセーラー服を着ていた。母も少し誇らしげだった。たぶん、昭和十四年、戦争の足音が近づいていた頃の写真だ。おば達はまだ家がそんなに裕福ではなく、あまり教育を受けられなかったらしく、この妹達のセーラー服が羨ましいといつも言っていたそうだ。

母の通っていたのは、和文のタイピストを養成する、今で言う専門学校のようなところだった。戦後、大きく立派な女子高校になるが、その時は本当に小さな学校だった。そしてこの学校の校長に、母の再婚の時の仲人になってもらっている。

母は学校を卒業すると、はるばる北京まで行って商社のタイピストとして就職している。あまり昔の話はしない母だったが、この頃の話はよくしていた。

中国はすごく寒く、商社の社員は皆スパイで、朝元気に出かけても夕方には片足がないとかの怖い話が多かった。

戦争が終わり、引き揚げは苦労したはずだ。一度だけすごく狭い船だったというのを、聞いたことがあった。

私にとって、母が終戦で北京から引き揚げて来てから、父と再婚した昭和二十七年までの間は全く空白だった。母は一切語らず、父もそのことは何も言わなかった。

今回の件で謄本を辿って、初めて母のその間の生活を知ることができた。母は引き揚げて来た翌年、昭和二十一年十二月に熊本の男性と結婚している。そして翌年に福岡の姉が、その二年後に熊本の兄が生まれているが、昭和二十六年八月に離婚している。

母が離婚した時、福岡の姉は四才、熊本の兄は二才で、母のことはあまり覚えてないのもわかる。母は離婚の翌年に私の父と再婚し、昭和二十九年に姉を、昭和三十一年に私が生まれている。

引き揚げて来て、急いで結婚し二人の子どもを生み、その子達を婚家に残して離婚し、すぐに再婚し、また更に二人の子どもを生んでいる。

わずか十五才で北京へ渡り、引き揚げて来て二十一才で結婚、そして離婚、再度結婚して四人目の私を生んだ時は三十一才。私たちとは違う忙しい人生を送った母は、寝たきりとなり、晩年をゆっくりと過ごした。

不思議なことがあった。母が寝たきりとなって三年くらい経ち、何も話せなくなった頃に、一才の私の男の子の孫を母のところに連れて行った。ベッドに寝ていた母の横に孫を座らせたら、突然母が「かわいい」と、普通の声で言った。そして顔は見たこともないくらいニコニコしていた。私と家内は驚いて声も出なかった。しばらくすると母は眠りにつき、いつもの寝たきりの状態に戻った。可愛いと言った時の母の顔は、ひ孫を見る顔ではなかった。その時母は、熊本でおんぶして線路を歩いた兄のことを思ったのかもしれない。

空の彼方へ

椎名　桜

「僕のこと好き？」７歳の息子が私に問いかける。「大好きだよ」「いつからママは僕のこと好き？」「お腹にいる時からずっとよ」と言って息子を抱き寄せる。

私には少し不器用だけど家族思いの旦那様と、素敵な三人の子供が居る。子供達三人共素直に育ち、「愛してる」と言って高校生になった娘二人と小学二年生の息子と毎日ハグをするのが日課だ。

ある日、次女が「ママは人生やり直せるとしたらいつからやり直したい？」と聞いてきた。二十年前に戻りたいと頭の中で考えたが、あの頃に戻ってしまったらこの子達と会えなくなってしまうかもしれないと、答えることを止めた。

その質問と同時に昔の思い出が蘇ってきた。肌寒さが残るこの季節に……。

彼と初めて会ったのは二十年前。

その時私は22歳、服屋で働いていた。

ある日、服屋の同僚さきに連れられて車の板金屋さんに行った。

さきの彼氏和也のお兄さんが勤める店だった。お店に着くとさきがお兄さんの所に掛けよりなんだか親しそうに話し始めた。ニヤニヤした顔つきで私の元に戻り、「六甲山の夜景を四人で観に行く約束をしてきたよ」と言った。「勝手に決めてこないでよ」とさきに言いながらもその頃の私は彼氏が居なかったので、まあいっかと会釈だけをしその場を後にした。約束の日になり待ち合せの場所に向かうと、既に三人は彼が運転するスカイラインで待っていてくれた。

「こんばんは」と軽く会釈をし、四人で姫路から六甲山の夜景を観に行く。

車の中では職場の話や小さい時の兄弟の話など他愛の無い話に明け暮れた。

六甲山の山頂に到着し、春になり始めた六甲山はまだまだ寒く少し身震いをしながら夜景を楽しんだ。

寒さに震えていた私に気づいたのか、彼が私の隣に座り、「寒いでしょ」と温かいコーヒーと自分の着ていたコートを肩にかけてくれた。「ありがとう」という言葉と共にその瞬間ふわふわした感情が心の中に芽生えた。

キラキラしている夜景と心に残る温もりを感じながら時間が足早に流れていく。

もう遅いから帰ろうと立ち上がると同時に、携帯番号を交換しようとポケットから携帯電話を取り出し連絡先を交換し合った。

車に乗り込み六甲山の夜景から神戸の綺麗な街並みに変わっていく。

寂しさを感じながらもまた二人で会うことを約束し家まで送ってもらった。

その日の夜はなかなか寝つけなかった。

遊びに行った一週間後、彼から初めて電話が掛かってきた。彼の名前が受話器に映し出された瞬間ドキッとした。

二人の休みが同じ日に、海を見に行こうというお誘いの電話だった。

次の日、職場でさきに報告すると「すごく喜んでるね。もう好きになっちゃったの？」とからかわれた。

初めての二人のデートは彼の家の近くにある海だった。とても綺麗な海で波の音が心地良く身も心も吸い込まれていきそうになる。波の音を聞きながら私達は、今までの生い立ちや自分の大好きな物、苦手な物、友達とのストーリーなど、初めて二人で遊びに来ていることを忘れるくらいたくさんの話で盛り上がった。何度も二人はデートを重ね付き合うことになった。

春にはお花見に出掛け、桜が舞い散る姿は儚げで惚れ惚れとした。

夏は海水浴に行き、二人の大好きな海に入って子供のようにはしゃいだ。

花火大会にも出掛けた。二人浴衣を着て隣に並んで手を繋ぎ空を見上げた。大きな音と共に美しい花火が目に飛び込んでくる。

これから何度あなたと同じ花火を見られるんだろう。そう考えながら彼の顔を覗き込むと同じ表情をした彼が私を見つめて呟いた。

「来年もまた一緒に来ようね」

日が暮れるのも早くなり夕日で色づいた海は最高だった。ベンチに座って海を見ながら彼は自分の夢を語り始めた。

車の板金塗装の仕事をしている彼は独立して自分の会社を持ちたいと思っていること。ル・マン24時間レースを見に行きたいこと。そしていつか桜と一緒に暮らしたいと。

突然言われた言葉に私は喜びと不安を覚えた。彼と一緒にいると心の中がいつも温かく幸せに満ち溢れていた。幸せがどういうものかを教えてくれた人だった。とても愛していた。大切に思えば思う程怖かった。涙を流しながら夕日を見ている私を彼がどのように受け取ったかはわからない。静かに帰ろうかと彼が言いその場を離れた。

この年の秋は獅子座流星群がたくさん見られることを知り二人は一緒に空を眺めた。幾つもの星が流れていく。私は流星を見ながらいつまでも二人一緒にいられますようにとお願いした。冬にはクリスマス、お正月といつも一緒に過ごした。買い物に出掛けたり海に行ったり、約束をしていた花火大会も見ることが出来た。楽しくて幸せでいつまでもこんな日が続くと信じていた。だけどその幸せはいつまでも続くことはなかった。

ある朝知らない番号から電話が掛かってきた。誰だろうと思いながら電話を取ると彼のお母さんからの電話だった。取り乱した様子のお母さんは嗚咽をもらしながら、「尚也が事故にあって亡くなった」と言った。

頭が真っ白で言葉が出てこない。溢れる涙で何も見えなかった。

病院に駆けつけた時には家族や親戚が彼を囲んでいる状態だった。私は割り込むように彼の前に行き顔を撫で号泣した。

お通夜、お葬式が段取り良く進められていく。毎日泣いてはご飯も食べられなくなった私を母は何も言わず優しく抱きしめてくれた。

初七日も終わり彼のお母さんに呼び止められた。彼の遺品整理をしていたら机の中から手紙と指輪が出てきたからもらってねと言って渡された。家に帰ってすぐに手紙を開けた。


桜へ。

初めての手紙で驚いたと思います。僕も手紙を書くのが初めてのことなので変な文章になってたらごめんなさい。桜に会って一年半が経ちました。いろんな所に一緒に行ったね。どこに行っても桜と一緒なら楽しかったです。笑顔の桜といると心が安らぎます。いつまでも笑顔を見ていたいからずっと一緒にいて下さい。愛しています。

尚也より

涙が溢れ出した。「なんで一人で逝っちゃったの。会いたいよ」ずっとずっと泣き続け、私はそのまま泣き疲れて眠ってしまった。
目の前に尚也が現れた。私の手を取り海の浜辺を二人で歩いた。「桜の笑顔が大好きだよ」と恥ずかしげもなく言う尚也に照れ笑いをした私は幸せを感じていた。昔の出来事が走馬灯の様に流れていく。そして、尚也は「もう行かなきゃいけないんだ」と言って私の手を離した。「ありがとう」と一粒の涙を流し私のことを抱きしめた。

その瞬間に目が覚めた。夢だったのかと私は左の薬指に指輪をはめ、空に向かって左手を大きく上へあげ指輪を眺めた。

それからの私は少しずつ普通の生活を取り戻していった。私の事を愛してくれた尚也の為に私は前を向いて進む。時には悲しいことや困難な出来事があるけれど、いつも空を見上げて話しかける。

ありがとう。私に愛を教えてくれた人。幸せを教えてくれた人。私は今、大切な家族と共に一生懸命生きてます。
「ママ聞いてる?」娘の声で現実の世界に戻された。「聞いてるよ」「ママは愛、優、舶がいるだけで幸せだから戻らないかな」と答えた。

人生十人十色 2

2020年 4 月20日　初版第 1 刷発行

編　者　「人生十人十色 2」発刊委員会
発行者　瓜谷 綱延
発行所　株式会社文芸社
〒160-0022 東京都新宿区新宿1－10－1
電話 03-5369-3060（代表）
03-5369-2299（販売）

印刷所　株式会社晃陽社

ISBN978-4-286-21571-6